BALLES DE FLIPPER

Castor Poche
Collection animée par
François Faucher, Hélène Wadowski,
Martine Lang et Cécile Fourquier

Titre original :

THE PINBALLS

Pour David Atchley

Une production de l'Atelier du Père Castor

15e édition - 2001

BETSY BYARS

BALLES DE FLIPPER

Traduit de l'anglais (États-Unis)
par ROSE-MARIE VASSALLO

Illustrations de
YVES BEAUJARD

Castor Poche Flammarion

Betsy Byars

L'auteur est américaine. Elle est née à Charlotte, en Caroline du Nord, où elle a vécu jusqu'à la fin de ses études supérieures. Mère de quatre enfants, Betsy Byars a commencé à écrire des livres pour enfants quand sa propre nichée a grandi. Elle vit à présent, avec son mari, en Caroline du Sud.

« Donner le jour à des histoires et à des personnages, nous dit-elle, est si intéressant que je ne m'ennuie jamais. Chaque livre est une nouvelle expérience, toujours différente. Mes livres débutent toujours par un fait réel : un événement lu dans un journal, un épisode de mon enfance. »

Du même auteur, dans la collection Castor Poche :
Comme à la télé, n°73
Ma renarde de nuit, n°97
Rude journée pour Sara, n°157
Les sept chasses au trésor, n°495
Cap sur l'Ouest, n°532
Piscine de nuit, n°629

Label Chouette-Prix Bernard Versele

Rose-Marie Vassallo

La traductrice vit en Bretagne, près de la mer. « Lorsque l'on vient de lire un livre et d'y prendre plaisir, on éprouve le désir de le propager. Et l'on s'empresse de le prêter à qui semble pouvoir l'aimer. Mon travail de traductrice ressemble à cette démarche : partager ce qui m'a plu. »

Yves Beaujard

L'illustrateur de l'intérieur a vécu dix ans aux États-Unis où il a gravé timbres-poste, billets de banque et portraits officiels. Revenu en France, il consacre la majeure partie de son temps à la gravure et à l'illustration. « Je continue à voyager par les livres, dit-il. J'aime bien reconstituer les époques et les atmosphères. »

Emmanuel Cerisier

L'illustrateur de la couverture est né le 23 juillet 1970 à Rennes. Après des cours d'arts plastiques aux Beaux-Arts, il se consacre à l'illustration de romans et de documentaires pour la jeunesse.

Chapitre premier

Ceci est l'histoire d'un été, l'été où se rencontrèrent, dans la même famille nourricière, trois enfants placés là par les services sociaux. Deux garçons et une fille. Trois balles de flipper...

L'un des garçons était Harvey. Harvey avait les deux jambes cassées. C'était son père, avec sa voiture neuve, qui les lui avait cassées par accident, un soir.

Ce jour-là, pourtant, aurait dû être l'un des plus beaux jours de la courte vie de Harvey. Pour un concours de rédaction, il avait traité le thème suivant : « Pourquoi je suis fier d'être américain »; et il avait gagné le troisième prix. Deux dollars. Son père lui avait promis de le conduire à la remise des prix, et d'assister à cette cérémonie solennelle. La photo des gagnants, accompagnés de leurs parents, devait figurer dans le journal local.

Mais à l'heure du départ, le père de Harvey s'était étonné :

– Eh, mais? Qu'est-ce que tu fais là, toi, dans la voiture?

Harvey s'était installé là, sans rien dire, un bon quart d'heure auparavant. Il avait mis une cravate, pour la première fois de sa vie.

– Allez, ouste, sors de là, Harvey! Je suis déjà bien assez en retard comme ça!

– Sortir d'où? De la voiture?

– Oui, et plus vite que ça!

Harvey n'avait pas bougé. Il était resté assis, à regarder obstinément devant lui. Il avait dit :

– Mais tu sais bien que c'est ce soir qu'on doit me remettre mon prix. Tu m'avais promis de m'y conduire.

– Promis? Je n'avais rien promis du tout.

J'avais dit que je t'y conduirais *si je pouvais.*

Harvey n'avait pas regardé son père.

– Harvey, tu sors de là.

– Non.

– Harvey, c'est la dernière fois. Tu descends de cette voiture, et tout de suite.

– Conduis-moi à la remise des prix, et je descendrai.

– Tu vas descendre, ouais, quand je te le dis?

Le père de Harvey avait résolu d'aller faire un poker avec ses copains, au club, et il était déjà en retard.

– Harvey, j'ai dit *tout de suite*!

Le père de Harvey s'était penché, il avait ouvert la portière, et poussé le garçon hors de la voiture.

Harvey était tombé à quatre pattes dans l'herbe. Il s'était aussitôt relevé. Il avait secoué la portière. Mais son père l'avait bloquée.

Il avait regardé son père, droit dans les yeux. Son père était rouge comme une tomate, comme s'il s'était tenu des heures la tête en bas.

Alors, très vite, comme son père venait de mettre le moteur en marche, Harvey avait tenté de contourner la voiture par-devant, pour essayer d'ouvrir une autre portière. Mais juste comme il passait devant le véhicule, son père, par erreur, avait engagé la première au lieu de la marche arrière. Et il avait embrayé. La voiture avait fait un bon en avant, et Harvey avait eu les deux jambes cassées net.

Le tribunal avait décidé de retirer à son père la garde de Harvey. Le garçon serait placé dans une famille nourricière, « jusqu'à ce que son père ait appris à ne plus abuser de la boisson, et qu'il soit en mesure d'offrir à son fils un foyer digne de ce nom ».

Le deuxième garçon, c'était Thomas J. Thomas J qui n'avait pas, n'avait jamais eu de famille. Thomas J qui ne savait même pas d'où il venait. Il devait avoir environ deux ans lorsqu'une main anonyme l'avait abandonné sur le seuil d'une ferme, comme on le ferait d'un chiot dont on ne voudrait plus. La ferme appartenait à deux vieilles dames, les jumelles Benson, alors âgées de quatre-vingt-deux ans. C'étaient les doyennes des jumelles de tout l'Etat. Tous les ans, pour leur anniversaire, elles recevaient du gouverneur une lettre de compliments. Elles étaient en tous points identiques, sauf que l'une d'elles avait le nez, les yeux et la bouche un tout petit peu plus grands que l'autre. Elles ressemblaient à cette paire que forment salière et poivrière assorties.

Thomas J avait passé six ans chez les jumelles. Les deux vieilles femmes avaient toujours eu l'intention de l'emmener à la mairie pour le déclarer aux autorités, mais elles avaient sans cesse remis cette formalité au lendemain. D'abord, parce qu'elles prenaient plaisir à l'avoir auprès d'elles, ensuite, parce qu'il se rendait utile au jardin.

Lorsque toutes deux, à quatre-vingt-huit ans, s'étaient cassé le col du fémur – oui, toutes deux, avec un bel ensemble, à moins d'une seconde d'intervalle –, les autorités, pour la première fois, avaient découvert l'existence de Thomas J. Nul ne savait qui il pouvait être, ni d'où il était venu.

Il avait donc été convenu de le placer dans une famille nourricière, « en attendant qu'aboutisse l'enquête ouverte pour découvrir ses parents véritables, ou que lui soient trouvés des parents adoptifs ».

La fille, c'était Carlie. Une dure à cuire, celle-là – aussi dure qu'une noix de coco. Jamais de sa vie, sans doute, elle n'avait prononcé quelque chose de tendre, ou même simplement de poli. Lorsque vous lui demandiez son nom, elle vous répondait : « Ça vous regarde? » ou : « Fichez-moi la paix. » Une seule chose l'intéressait, regarder la télévision, et elle vous jetait à la tête tout ce qui lui tombait sous la main si vous vous placiez entre l'écran et elle. Le chien de sa mère, maintes fois, avait ainsi reçu au creux des reins le guide des programmes de la semaine.

Carlie avait été placée en famille nourricière parce que entre elle et son beau-père le désaccord était permanent. Elle avait déjà eu deux beaux-pères, mais celui-là, Russell, était de loin le pire à ses yeux. D'ailleurs, elle n'était pas la seule à souffrir de son humeur. Il en avait après tout le monde, cet homme-là; après tout le restant de la maisonnée, en tout cas.

Mais plus encore après Carlie. Tout ce qu'elle faisait le mettait en fureur.

Un jour qu'elle s'était refusée à lui dire d'où elle venait, il l'avait frappée si fort que le médecin, plus tard, avait diagnostiqué une commotion cérébrale. Ce qui n'avait pas empêché Carlie, dans le feu de l'action, de le frapper en retour avec la grosse bouilloire.

– Quand on me cogne dessus, moi, je cogne aussi! lui avait-elle crié à la figure avant de s'évanouir.

Et Carlie avait été placée dans une famille nourricière « en attendant que la situation familiale se stabilise ».

– Se stabilise? Qu'est-ce que ça veut dire? avait demandé Carlie à l'assistante sociale.

– Ça veut dire qu'il faut attendre que ta mère et ton beau-père aient réglé leurs petits problèmes entre eux.

– Eh ben! avait commenté Carlie. Autant dire que je resterai là-bas jusqu'à l'âge de la retraite!

La première chose qu'avait faite Carlie, en arrivant dans son nouveau foyer, avait été de traîner le pouf de skaï devant le poste de télé.

– Et puis maintenant, là-dedans, silence! avait-elle prévenu sa mère nourricière, qui venait de surgir derrière elle.
– Je venais juste te dire bonjour, avait dit Mme Mason.

Elle avait mis sa main sur l'épaule de Carlie. Carlie s'était ébrouée pour se débarrasser de cette main.
– Oui, eh ben, 'pourrez me dire bonjour quand l'émission sera finie, avait-elle dit, sans se retourner.

Chapitre 2

Carlie était méfiante de naissance. Elle affirmait se souvenir très bien que le médecin qui l'avait mise au monde l'avait laissée tomber par terre, juste après sa naissance.

– Mais non, personne ne t'a fait tomber par terre, lui avait répété sa mère des quantités de fois.

– Ah bon? Alors, comment se fait-il que j'aie la figure si plate, hein, explique-moi ça? Un petit coup de fer à repasser, sans doute?

De même était-elle convaincue que quelqu'un lui avait volé, alors qu'elle

avait deux mois, une chaîne et une croix en or qu'elle portait au cou, d'après elle.
– Mais non, personne ne t'a volé de chaîne ni de croix d'or, lui avait répété sa mère.
– Alors, dans ce cas, où sont-ils, hein, mes bijoux de bébé?

Carlie était persuadée que le monde entier lui en voulait, et elle avait détesté au premier coup d'œil cette Mme Mason chez qui on l'avait placée – du plus loin qu'elle l'avait vue, sur le pas de la porte.
– Je le savais, qu'elle porterait un tablier, avait dit Carlie à l'assistante sociale. C'est pour essayer de faire Mamie-Gâteau, bien sûr. Si elle se figure qu'elle y réussit...!
– Peut-être était-elle en train de cuisiner, Carlie, avait dit l'assistante sociale.
– En train de cuisiner, mon œil! Ma parole, c'est moi qui devrais être assistante sociale! Je ne me laisserais pas berner par des tabliers, moi, tiens!

La salle de séjour des Mason n'avait pas eu non plus l'heur de lui plaire. La rangée de photos alignées sur la cheminée lui avait inspiré une méfiance toute particulière. Dix-sept photos d'enfants, filles et garçons. La collection complète, sans doute, des enfants dont les Mason avaient été les parents nourriciers à un moment ou à un autre.

« Ben, c'est pas moi qui permettrai qu'on m'installe dans ce rang d'oignons, s'était-elle dit, la rage au cœur. Et qu'ils essaient de me photographier sans que je le permette, un peu! » Et sur ce, elle s'était installée devant le poste de télé.

Mme Mason avait attendu la fin de l'émission. Dès l'apparition d'un spot publicitaire, elle revint vers Carlie.

– Carlie?

– Ouais ouais, je suis toujours là.

– Viens donc par ici, que nous prenions un petit casse-croûte, toutes les deux. Après ça, tu pourras venir m'aider à préparer la chambre des garçons.

Carlie se détourna du poste de télévision. Pour la première fois, elle avait l'air intéressée.

– Quels garçons? demanda-t-elle. Il va y avoir des garçons, ici?

– Oui, il y en a deux qui arrivent cet après-midi. Thomas J et Harvey.
– De quel âge?
– Huit ans, et treize ans.
– Bof, trop jeunes. (Carlie s'était levée de son pouf.) Qu'est-ce qu'ils ont, eux, comme embêtements?
– Comment ça?
– Ben, pourquoi ils viennent ici, eux? Moi, par exemple, je suis ici parce que j'ai un beau-père qu'est rien qu'un pauvre arsouille. Mais eux, qu'est-ce qu'ils ont, comme ennuis?
– Ma foi, je crois que c'est à eux que tu devras poser la question.

Carlie soulevait ses cheveux en chignon.
– Et le plus grand? Celui qui a treize ans? A quoi il ressemble? Il est grand pour son âge, au moins, j'espère?
– Harvey? Il a les deux jambes cassées. C'est tout ce que je peux t'en dire.
– Mouais, commenta Carlie. Ce qui est sûr, c'est qu'il ne pourra pas danser.

Carlie était assise devant la télévision lorsque Harvey arriva à son tour. Ou plus exactement, lorsqu'on apporta Harvey, réduit à l'état de ballot. On installa son fauteuil roulant à côté du pouf où elle était assise.

Carlie daigna se retourner. Ce fut pour attaquer d'emblée :

– Houlà, tes jambes! On peut savoir ce qui leur est arrivé?

Maladies, accidents divers – les questions médicales la captivaient. Mais Harvey répondit d'une voix plate :

– Rien.

– Oh, alors là! Il leur est forcément arrivé quelque chose. Tu ne me feras pas croire qu'on te les a mises dans le plâtre pour le plaisir, ça non. D'ailleurs, si on te les a plâtrées, c'est qu'elles ont eu un accident. Je le sais, parce que j'avais une amie qui voulait qu'on lui plâtre la cheville, parce qu'elle ne voulait pas faire partie des Juniors Olympics, eh bien, il n'y a pas eu moyen... (Elle marqua une pause.) Alors? Qu'est-ce qui t'est arrivé?

Il y eut un très long silence. Harvey regardait ses jambes. La voiture de son père, rutilante, bondissait de nouveau sur lui avec un grondement rageur. Il en avait le cœur soulevé.

– Si tu veux savoir, finit-il par dire lentement, c'est en jouant au rugby que je me les suis cassées.

Oh, si seulement cela avait été vrai! Un camarade de classe s'était cassé la cheville dans un match, et tout le monde, au collège, avait griffonné dessus – un petit mot, un dessin, une signature... Il y avait même des filles qui avaient embrassé le plâtre, et laissé dessus des traces de rouge à lèvres.

Les plâtres de Harvey étaient blancs comme neige. Il s'en voulait à présent de

n'avoir pas songé à les gribouiller lui-même. « Gros baisers de Linda. » « Pour un excellent élève, meilleurs vœux de prompt rétablissement, de la part de miss Howell... »

Carlie ne le quittait pas des yeux. Elle promenait son regard sur les deux plâtres parallèles, sur le petit bouquet d'orteils qui émergeait de chacun d'eux. Puis elle plongea ses yeux dans ceux de Harvey.

– Qu'est-ce que tu étais, dans l'équipe?

Harvey hésita une seconde.

– Arrière. Arrière gauche.

Elle émit un petit bruit, sceptique.

– Arrière, toi? Ça m'étonnerait. J'en ai vu, des arrières. Ils sont drôlement plus baraqués que toi. (Elle le parcourut d'un regard expert.) Si jamais ça t'est arrivé en jouant au rugby, je dirais bien que c'était toi le ballon!

Harvey contemplait ses jambes.

Carlie résolut de lui donner une dernière chance :

– Alors? Comment ça t'est arrivé, en vrai?

– En jouant au rugby, s'entêta Harvey.

– Ecoute, lui dit Carlie. Ça va être l'heure de mon émission préférée, alors je te préviens, si tu continues à me mentir comme ça sans vouloir me dire ce qui est arrivé à tes jambes, tant pis, je m'en moque, je regarde la télé, terminé!

– Eh, regarde donc ta télé, marmonna Harvey.

Chapitre 3

Thomas J arriva le même jour, après le repas du soir. Il avait si longtemps vécu avec les deux vieilles dames qu'il ne savait pas parler – il criait. C'était le seul moyen de se faire entendre d'elles, tant elles étaient dures d'oreille.
– Où est-ce que je mets mes affaires? cria-t-il à Mme Mason.
– Viens que je te montre. C'est par ici, juste à côté. Je t'ai mis dans la même chambre que Harvey : comme ça, s'il a des problèmes, tu pourras l'aider.
– Bien volontiers! cria Thomas J.

Il était habitué à rendre service, et

s'exprimait dans un langage un peu désuet.

– Si Harvey a besoin d'aide, la nuit par exemple, tu n'auras qu'à m'appeler.

– N'ayez crainte, je vous appellerai!

– Pour ça, ce n'est pas la voix qui lui manquera, fit observer Carlie.

– Je mets mes affaires dans le tiroir, ou je les laisse dans la valise? criait de nouveau Thomas J.

Carlie pivota sur son pouf, et lança dans sa direction :

– Hé, toi là-bas! Un peu moins de bruit! On n'entend même plus la télé!

– Bien volontiers! cria Thomas J.

Puis tous trois regardèrent ensemble la télévision.

– Ah, ça, c'est mon émission super-préférée! s'écria bientôt Carlie, sur le ton de l'avertissement.

Et elle souligna cet avis d'un long regard appuyé à l'adresse de Thomas J puis de Harvey.

Thomas J acquiesça. En vérité, il ne tenait guère à cette émission-là. Elle remuait en lui trop de souvenirs. Les sœurs Benson aussi en raffolaient particulièrement. Il les revoyait penchées en avant, appuyées sur leurs cannes, qui clignaient des yeux vers l'écran, en tremblant doucement. Leur poste de télévision était le plus ancien de tout le comté, et elles devaient s'installer tout près pour y voir quelque chose.

Thomas J avait le cœur gros. Il espérait qu'à l'hôpital où on les avait conduites elles disposaient au moins de la télévision. Elles s'étaient cassé le col du fémur le même jour, alors qu'elles revenaient du jardin. Thomas J marchait derrière elles, chargé d'un baquet de mauvaises herbes. Il avait vu l'une des jumelles glisser, se raccrocher à l'autre – et toutes les deux s'écrouler de concert dans l'allée. L'une s'était brisé le col du fémur gauche, l'autre, le droit.

Il avait fallu cette admission à l'hôpital pour que Thomas J apprît le prénom des deux sœurs. Durant ces six années, il ne les avait jamais appelées que « Tante Benson », l'une comme l'autre. Les deux jumelles se prénommaient Thomas et Jefferson – du nom d'un président des Etats-Unis qu'avait beaucoup admiré leur père. Et c'est ainsi que Thomas J lui-même avait reçu son nom : les deux vieilles dames lui avaient simplement donné leurs prénoms.

– Ne t'inquiète pas, petit, l'avaient-elles rassuré, toutes deux allongées côte à côte dans la salle des urgences. Nous nous en sortirons, n'est-ce pas, sœurette?

– Moi je m'en sortirai, toujours.

– Nous nous en sortirons toutes deux, parce que, dans notre famille, tout le monde a vécu plus de quatre-vingt-dix ans.

Thomas J avait hoché la tête. Il savait que leur père avait atteint quatre-vingt-seize ans. Il s'apprêtait même sans doute à vivre encore plus vieux, mais une branche d'arbre lui était tombée sur la tête. Les jumelles avaient pieusement conservé cette branche des années durant, sous la galerie, derrière la maison; et l'unique occasion où elles s'étaient fâchées contre Thomas J était précisément le jour où, faute de connaître la valeur historique de cette branche, il l'avait débitée pour en faire du petit bois.

Une vedette bien connue des télespectateurs venait d'apparaître sur le petit écran, et avait entrepris de raconter une histoire comique un peu longuette.

– Oh, celui-là, c'est la barbe! commenta Carlie. Son baratin, je me demande bien qui l'écoute?

– Moi, dit Harvey.

Carlie lui jeta un coup d'œil.

– M'étonne pas, dit-elle.

Un élancement de douleur vint rappeler sa jambe droite à Harvey. C'était la plus gravement touchée. Fracture ouverte, avait dit le chirurgien. L'os brisé avait déchiré la chair et la peau.

Il porta son regard sur la nuque de Carlie. Il brûlait d'envie de lui répondre jusque dans les dents, de l'insulter, de la blesser. Mais il se doutait que Carlie devait être, en matière d'insulte, de ceux qui ont toujours le dernier mot, et il se tut.

– Ce type-là, reprenait Carlie, en désignant du menton la vedette de l'écran, on n'a pas idée ce qu'il peut m'écœurer... (D'un regard circulaire, elle embrassa la pièce entière.) Et il n'est pas le seul!

Chapitre 4

Carlie entra dans sa chambre sans hâte. Pour la première fois, elle allait dormir seule dans une chambre. Un jour, elle s'en souvenait, elles avaient été quatre à dormir dans le même lit, là-bas, à la maison : sa cousine, les deux filles de son beau-père, et elle. Toute la nuit, elle n'avait cessé de supplier : « Dis, tu te pousses un peu, oui ou non ? » ou encore « Eh, pour qui tu te prends ? Pour miss Amérique ? »

Elle se dirigea lentement vers la coiffeuse, et s'examina dans le miroir. Elle avait mis au point un sourire qui ne laissait pas voir que deux de ses dents du bas, juste devant, se chevauchaient légèrement. Elle se dédia un sourire, pour vérifier que sa technique était toujours valable.

Un bruit derrière elle la fit se retourner d'un bloc. Rien ne l'ulcérait davantage que de se faire épier alors qu'elle se regardait dans un miroir. Lorsqu'elle vit que c'était Thomas J, le désir lui vint de lui tordre le cou.

– Dis donc, qu'est-ce que tu fiches là, toi?

– Rien, je voulais seulement te dire que j'ai trouvé ta boucle d'oreille. Tiens, la voilà...

Il s'avança, un petit sourire de contentement sur les lèvres. Il était tout menu, et marchait avec autant de précautions qu'un petit vieux. Il lui tendit sa boucle d'oreille.

Lorsque Carlie s'était aperçue qu'il lui manquait une boucle d'oreille, au beau milieu de la soirée, elle avait aussitôt accusé toute la maisonnée de la lui avoir volée.

– Je la retrouverai! avait-elle piaulé.

Même si je dois tous vous prendre par les pieds et vous secouer! Elle était en or massif, cette boucle d'oreille!
– Allons, allons, Carlie, avait tenté de dire Mme Mason. Personne ne te l'a volée, cette boucle d'oreille.
– Alors, dans ce cas-là, où est-elle?

– Elle était dans la salle de bains, disait à présent Thomas J. A côté du lavabo.

Il était aussi fier de sa découverte que s'il avait mis la main sur une pépite. Il n'avait que l'idée de la rendre à Carlie au plus vite. Un jour, chez les jumelles Benson, il avait retrouvé par hasard la montre en or de leur défunt père, et elles en avait été si contentes qu'elles lui avaient tapoté la tête. C'était bien la première fois – et la dernière – qu'elles l'avaient touché de leur plein gré. Thomas J se souvenait encore du contact de leurs vieux doigts raides sur ses cheveux.

« Brave garçon », avaient-elles dit. Et il en avait eu chaud au cœur. Il en était venu à souhaiter les voir perdre encore cette montre, la perdre des quantités de fois, afin qu'il pût, chaque fois, la leur rapporter triomphalement, un peu comme un petit chien rapporte son bâton.

Oh, si seulement Carlie pouvait l'aimer, aussi! Il l'admirait. Sa longue crinière en liberté – de la même couleur que celle d'un lion – ne le rendait que plus conscient de sa pauvre tignasse hirsute. Les jumelles Benson, depuis toujours, lui avaient coupé les cheveux elles-mêmes, chacune tondant sa propre moitié sans se soucier de regarder comment faisait l'autre... Thomas J, tout en s'avançant, aplatissait sa chevelure de sa main libre.

Carlie lui arracha le bijou des mains et le contempla d'un œil soupçonneux.

– Alors comme ça, tu viens de la *trouver*? Quel heureux hasard, vraiment!

Il ne saisit pas l'allusion.

– Oui, elle était près du lavabo, par terre. Je l'ai vue comme ça, en baissant les yeux, elle était là. C'est comme le jour où j'avais trouvé la montre en or du père de mes tantes Benson, j...

– Hmm, c'est quand même curieux que tu l'aies retrouvée, *comme par hasard,* juste après que j'ai annoncé que j'allais fouiller dans toutes les chambres.

Cette fois, il avait compris.
– Non, ce n'est pas vrai, je ne l'ai pas volée. Je te le garantis. Je l'ai trouvée. Elle était près du lavabo. Je te le jure. (Sa voix était montée d'un ton.) D'ailleurs, tu peux le demander à Mme Mason : elle m'a *entendu* la retrouver.

Carlie remit la boucle à son oreille.
– Je vais te dire une chose : mes oreilles, je vais me les faire percer, et le plus tôt possible. Ce sera le seul moyen d'être tranquille, dans cette maison.
– Je l'ai retrouvée, je te le jure! criait Thomas J. (Il recula de deux pas.) Je l'ai retrouvée!
– Bon, ça va, ça va, tu l'as retrouvée, dit Carlie. (D'un coup d'œil, elle désigna la porte entrouverte, puis se retourna vers le miroir.) Arrête de crier comme ça, tu l'as retrouvée, admettons. Même un cochon borgne peut tomber sur un gland, de temps à autre, j'imagine.

Thomas J disparu, Carlie se mit au lit et contempla le plafond. Mme Mason, au passage, glissa la tête dans l'entrebâillement de la porte.
– Alors, Carlie, ça va? Tout va bien?

– Quelle question, pourquoi? dit Carlie.
– Oh, parce que, j'imagine, les choses ont l'air d'aller très mal, ce soir.
– *Ont l'air*? souligna Carlie, amère.
Mme Mason entra et s'approcha du lit. Elle posa une main sur le bras de Carlie.
– C'est toujours le premier soir le plus dur, dit-elle.
Carlie ne répondit pas.
Mme Mason s'assit sur le rebord du lit.
– Et je sais ce que tu ressens.
– Comment pouvez-vous le savoir? On vous a placée dans une famille nourricière, vous, un jour?
– J'ai eu beaucoup d'enfants, ici. Dix-sept, sans compter vous trois. Et tous, tous – les dix-sept – m'ont dit que c'était le premier soir le plus dur. Ils m'ont tous dit qu'ils en étaient malades. (Elle avait gardé sa main sur le bras de Carlie.) Je pense que le cafard, le cœur gros d'avoir quitté la maison, c'est une véritable maladie, au fond. Comme la rougeole ou les oreillons.
– C'est bête qu'il n'y ait pas de vaccin.
– Pour ça oui.

– Seulement, les gens qui donnent des sous pour la recherche et les vaccins, ils en donnent pour les maladies comme la polio, ou des trucs que *leurs* gosses risquent d'attraper. Nous, tout le monde s'en moque, de toute façon.
– Non, tout le monde ne s'en moque pas, Carlie.
– Et puis d'ailleurs, moi, si je suis venue ici, c'est uniquement parce que Russell – c'est mon beau-père – disait qu'il allait me couper les cheveux. Et moi, mes cheveux, pour les avoir aussi longs, il a fallu que je les laisse pousser depuis la petite école! (Elle remonta ses draps sur ses épaules.) Maintenant, je me demande si ça en valait la peine.
– As-tu vu les photos, sur la cheminée?
– Difficile de ne pas les voir.
– Eh bien, tous ces enfants, vois-tu, ils sont devenus grands, à présent. Il y en a deux à l'Université. Ils m'écrivent encore, souvent. Un dirige une station-service. Sa propre station-service. D'autres sont de retour chez eux. Tout finit par s'arranger, Carlie. (Elle sourit.) Même sans vaccin.

Elle attendit un moment, puis donna

une petite tape sur le bras de Carlie. Puis elle se releva.

– Tu verras, dès demain, tout ira un peu mieux, déjà. Tu verras.

– Y a intérêt! lança Carlie, en direction du dos de Mme Mason qui quittait la pièce.

Elle se tourna vers le mur.

« De toute façon, je peux toujours me barrer », se dit-elle.

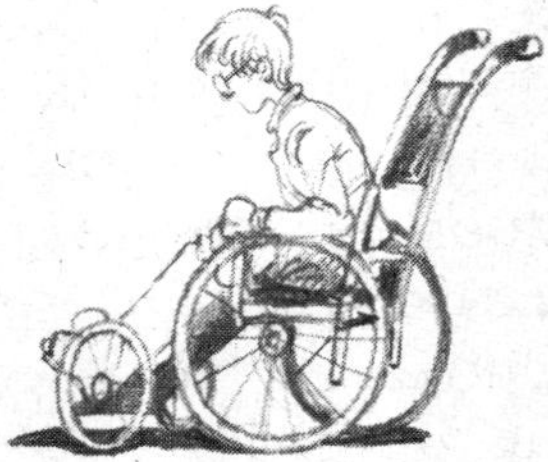

Chapitre 5

Harvey et Thomas J occupaient la chambre qui faisait face à l'entrée. Ils dormaient dans des lits superposés. Harvey, à cause de ses jambes, s'était vu attribuer le lit du bas. Il s'allongea sur sa couche et leva les yeux vers les ressorts de la couchette supérieure.

Thomas J s'immobilisa au pied du lit. Chaque soir, chez les sœurs Benson, il avait dit ses prières, tout comme les deux vieilles dames – à genoux, les bras en équerre, les doigts pointés vers le haut. Mais il était gêné à l'idée de prier sous le regard de Harvey.

– Eh, qu'est-ce que tu fabriques? s'enquit Harvey, qui venait de poser les yeux sur lui.
– Rien.
Thomas J hésitait encore. Il avait tellement l'habitude de dire ses prières! Harvey le regardait toujours, intrigué. Alors Thomas J, résolument, escalada la petite échelle menant à sa couchette.
– Tu veux savoir comment je me suis cassé les jambes? lui demanda Harvey, du dessous.
– Oui, dit Thomas J, à genoux sur son dessus-de-lit.
– C'est en jouant au rugby – je jouais arrière gauche. Un type m'a fait un méchant plaquage. (Il contemplait les deux tubes de plâtre, et les orteils roses, tout au bout.) Tout le monde voulait griffonner un petit quelque chose sur mes plâtres – tous les copains –, seulement, ils n'ont pas eu le temps, fallait que je vienne ici.
– C'est bête, dit Thomas J. (Il était toujours à genoux, prêt à dire ses prières, mais il s'assit sur les talons.) Tu sais, les os, on ne dirait pas, mais ça casse facilement. On peut se casser les os

rien qu'en marchant dans une allée.
– Oh, quand même, peut-être pas, risqua Harvey.
– Si, si, ça peut arriver, assura Thomas J. (Il se penchait par-dessus bord pour regarder Harvey.) Les jumelles Benson – tu sais, c'est chez elles que j'habitais, avant de venir ici –, elles se sont toutes les deux cassé le col du fémur en marchant dans l'allée, pas loin de la maison. Elles ont glissé.
– Ah ouais, d'accord. Si elles ont glissé, d'accord.
– C'est pour ça que je suis là, d'ailleurs. Elles sont à l'hôpital, toutes les deux.
– Moi, je suis venu ici parce qu'il n'y a personne, à la maison, pour s'occuper de moi.
– Et ta mère?
– Elle n'habite plus chez nous.
– Ah.

Thomas J, dont seule la tête dépassait de sa couchette, attendit un instant un complément d'information, sans détacher son regard de Harvey. Mais Harvey n'avait rien à ajouter. Au bout d'un moment, Thomas J retira sa tête.

Sur la couchette du bas, allongé sur le

dos, Harvey ne bougeait pas. Sa mère? Il y avait trois ans qu'il ne l'avait pas vue. Elle avait quitté le domicile conjugal pour « rechercher son identité » dans une communauté de Virginie, avec dix-neuf autres adeptes du « retour à la nature ».

C'était tout ce que Harvey en savait, mais il revoyait encore, bien nette dans son souvenir, cette terrible scène – la dernière – entre ses parents.

« Je le sais bien, que tu ne comprends pas pourquoi il faut que je parte! » disait sa mère.

Harvey était recroquevillé sur le palier et, de temps en temps, il allongeait le cou pour regarder ses parents, et leurs visages crispés de colère. Leurs traits tordus lui faisait songer à des gargouilles de cathédrale.

– Tu ne peux pas comprendre, je suis à la recherche de mon identité. Il faut que je trouve...

– Ton identité, ton identité! Qu'est-ce que ça signifie tout ça, hein, explique-moi un peu! Le type qui a inventé ce truc-là, on aurait dû le flanquer dans un hôpital psychiatrique!

– Ce que ça signifie? Que je ne sais plus qui je suis. Je n'ai plus d'identité.
– Qui es-tu? Ma femme, tiens, pardi! La mère de Harvey! Ça ne te suffit pas, non? Et ce lardon – permets-moi de te le rappeler – c'est toi qui l'as voulu, non? Tu l'as assez réclamé! Je te disais : « Attends donc un peu », mais toi, non, toi...
– Tu ne comprends pas. Je veux être *moi*...
– Eh bien, sois *toi*! Sois donc tout ce que tu voudras! Mais ne va pas galoper Dieu sait où, en Virginie, avec des timbrés qui ne savent rien faire d'autre que de courir tout nus.
– Ils ne courent pas tout nus! Et ce ne sont pas des trimbrés! Ce sont des gens qui – oh, et puis zut, je ne vois pas pourquoi je perdrais mon temps à essayer de t'expliquer. (Elle avait serré les dents.) Nous ne pouvons pas nous comprendre. Nous n'avons jamais pu communiquer, toi et moi.
– Je m'en doutais bien, que ça finirait comme ça. A partir du moment où tu as commencé le yoga, je m'en suis douté.

– Mais le yoga n'a rien à voir avec tout ça! Ce que j'essaie de faire...
– Et ce Maharishna, hein? Ou Maha-je-ne-sais-quoi? Il n'a rien à voir avec tout ça, peut-être?
– Ecoute, ce n'est pas la peine de discuter. Quand même nous discuterions cent ans, tu ne me comprendrais pas.

Tout doux, tout doux, Harvey avait fait retraite. Lui non plus ne comprenait pas. Il espérait seulement que sa mère reviendrait, au bout d'une semaine, ou deux – une fois son identité trouvée. Il l'imaginait assez bien sous les traits d'une Mère Nature, flottant légère au-dessus des prés, des pâquerettes dans les cheveux, le cœur en paix.

Elle n'était jamais revenue. Tout ce qu'il avait pu glaner d'elle, depuis, la dernière image engrangée, c'était une photo dans le *New York Times Magazine*. Une photo de groupe où figurait sa mère, dans leur ferme de Virginie. Elle tissait un hamac en compagnie de deux inconnus. Ils se ressemblaient tellement, tous les trois, que Harvey avait mis un moment à reconnaître sa mère.

Son père avait jeté le magazine au feu,

quand il avait vu cette photo, et il avait vidé force verres de Martini avant de s'effondrer tout à fait sur le canapé.

Sur sa couchette, au-dessus de Harvey, Thomas J en avait terminé de ses prières. Il se coula dans les draps raides et propres.
– Eh bien, bonne nuit! lança-t-il à Harvey.
– Bonne nuit, répondit Harvey.

Chapitre 6

C'était le matin. Les jambes de Harvey le faisaient cruellement souffrir. Il n'avait aucune envie de se lever, aussi Mme Mason chargea-t-elle Carlie de lui apporter son petit déjeuner sur un plateau.

– Dis donc, moi j'aimerais bien ça, aussi, qu'on m'apporte mon petit déjeuner sur un plateau! lui lança-t-elle en entrant, en guise de salut.

Elle déposa le plateau sur la table de nuit. Puis elle se planta devant Harvey, et le dévisagea.

Harvey jeta un coup d'œil au plateau.

– Des Petits Crunchies soufflés au miel, l'informa-t-elle. « Le petit déjeuner qui vous rend grand et fort. » (Elle le jaugeait du regard.) Remarque, si tu veux mon avis, pour te rendre grand et fort, il faudrait davantage que des Petits Crunchies. Je me demande si on fabrique des Grands Crunchies.

Harvey ne pipait mot.

Elle mit un poing sur sa hanche.

– Hé ho, tu sais? Moi, si on m'apportait mon petit déjeuner sur un plateau, je ne resterais pas là couchée comme une chiffe molle.

Harvey ne répondit pas.

– Moi, si on m'apportait un plateau, j'en tomberais morte.

Elle attendit la réaction, puis reprit, la voix sifflante :

– Un peu dur de la comprenette, hein, mon pauvre vieux? Je viens de t'offrir l'occasion de me voler dans les plumes, t'as pas remarqué, non? Je t'ai dit : « Si on m'apportait un plateau, j'en tomberais morte. » Fallait répondre : « Vrai? Vite, que je t'apporte un plateau! » T'es bouché à l'émeri, ou quoi?

Elle attendit encore, puis renonça :

– Bon, ça va, j'abandonne. Ton cas m'a l'air désespéré.

Elle retraversa la pièce.

– Bien. Quand tu auras fini de manger – si jamais tu manges –, appelle bien fort, et l'esclave viendra reprendre ton plateau.

Elle allait refermer la porte lorsque Harvey dit simplement :

– Merci, Carlie.

Carlie s'immobilisa. Elle resta un instant debout dans le couloir, changée en statue, puis elle se reprit :

– Oh, pas besoin de remercier les *esclaves*.

Elle ne bougeait toujours pas. Elle avait l'impression que Harvey ne l'avait remerciée que pour le plaisir de l'embarrasser. Il avait réussi, en tout cas. Pour quelque mystérieuse raison, elle était insensible à l'injure. On pouvait bien l'insulter toute la sainte journée, elle s'en moquait, et se contentait de renvoyer la balle. Mais si d'aventure quelqu'un lui disait quelque chose de gentil, elle en était désarçonnée, et ulcérée.

Ses yeux se posèrent sur le téléphone, de l'autre côté du couloir. L'envie lui prenait soudain d'appeler quelqu'un, n'importe qui, au loin. Non, pas sa mère. Plutôt une vedette de la télévision. Ou de la chanson. Cher ou Rhoda ou Mary Tyler Moore.

« Salut, dirait-elle, ici c'est Carlie. Il faut que je vous raconte dans quelle mélasse je suis... »

Elle fixait des yeux le combiné – comment diable faisait-on pour appeler une vedette? – lorsque Mme Mason surgit dans l'embrasure de la porte.

– Tu as porté son plateau à Harvey?

– Ouais. Il n'y a pas touché.

Mme Mason s'essuya les mains dans son tablier.

– Il va falloir être particulièrement gentil avec Harvey pendant quelque temps, Carlie, vois-tu.

– Pourquoi *avec Harvey*?

– Parce que ça va être très dur, pour lui.

– Ah ouais, et pour moi, non? Pourquoi est-ce que personne, jamais, ne songe à être « particulièrement gentil » avec moi, hein? Faudrait peut-être que je me casse les deux jambes, c'est ça?

– Ecoute, Carlie...

– Ou peut-être qu'un poignet suffirait?

Mme Mason avait posé une main sur l'épaule de Carlie.

– Ecoute-moi donc un peu, Carlie. J'ai dans l'idée que tu peux aider Harvey.

– Oh alors là, faut pas compter là-dessus!

– Tu es une grande fille, Carlie, une grande fille robuste, même si tu ne le sais pas.

– Si c'est sur moi que doit compter Harvey pour s'en sortir, alors là, le pauvre vieux, il est fichu!

– Ecoute-moi, Carlie.

– Non, *vous*, écoutez-moi. Laissez-moi vous dire. Moi, Harvey et Thomas J, on est comme des balles de flipper. Quelqu'un a mis un sou dans la fente, il a appuyé sur un bouton et vloum! nous autres, on est sortis, qu'on l'ait voulu ou non. On est dans le même pétrin, d'accord, mais c'est tout. (Elle regardait Mme Mason, droit dans les yeux.) Vous avez déjà vu des balles de flipper s'entraider, vous?

– Carlie...

– Non. Pour la bonne raison qu'elles ne peuvent pas. Ce ne sont que des choses.

Elles se cognent par-ci, roulent par-là. Elles allument des petites lumières, elles vont n'importe où...

– Carlie!

– Et sitôt qu'elles s'arrêtent, allez donc! Quelqu'un remet un sou dans la fente, et c'est reparti pour un tour! (Elle s'était rapprochée du téléphone, faisait mine d'appeler.) Je ne peux rien pour Harvey. Je ne peux même rien pour moi, alors!

– Si, tu peux quelque chose. J'en suis sûre.

– Ah ouais? Devriez regarder un flipper, un jour, dit Carlie. Vous en apprendriez un bout sur la vie, c'est moi qui vous le dis.

Allongé sur son lit, Harvey n'avait toujours pas bougé. Il avait capté toute la conversation. Ah, si seulement son père avait pu l'entendre, lui aussi! Lui qui répétait sans cesse :

« Vous autres, les gosses d'aujourd'hui, vous avez la partie belle! Moi, quand j'étais petit, c'était une autre paire de manches! Il n'était pas question de recevoir cinq dollars par-ci et dix par-là, jamais! »

Harvey, qui ne demandait d'argent que lorsqu'il avait faim, écoutait ces diatribes en silence.

Son père poursuivait son couplet sur la vie facile des gosses d'aujourd'hui, puis il tirait quelques billets de sa poche, et les jetait par terre en direction de Harvey. Harvey se baissait pour les ramasser.

« Plus tard, concluait son père, tu verras ce que c'est que la vie! Tu apprendras que les choses ne sont pas si faciles! Et tu ne l'apprendras pas sur un lit de roses, je te le garantis! »

Harvey contemplait ses jambes. « Pas sur un lit de roses. » Son père savait de quoi il parlait.

Lentement, comme si ses bras étaient cassés aussi, il entreprit d'ingurgiter ses céréales.

Chapitre 7

Ce soir-là, après le dîner, tous trois s'installèrent dans la salle de séjour. Thomas J écrivait une lettre aux sœurs Benson. Il avait déjà préparé l'enveloppe : « Mesdemoiselles Thomas et Jefferson Benson, Hôpital Sundale. »

Sa lettre débutait ainsi :

Bonjour,
Comment vont vos cols du fémur?

A peine Harvey avait-il vu Thomas entreprendre d'écrire une lettre qu'il avait réclamé de quoi écrire aussi. Mais il avait du mal à s'y mettre. Ecrire à son père? Il n'en avait pas envie. Et il ignorait l'adresse de sa mère en Virginie. Mais ne pas écrire, c'était demeurer en reste. Sa feuille était encore entièrement blanche, mais il n'arrêtait pas de relever la tête et de poser des questions du genre :

– Formidable, ça s'écrit comment?

– J'espère que tu n'es pas en train de te décrire, intervint Carlie sans relever la tête.

Elle s'était mise en devoir d'écrire elle aussi. A sa mère.

– Ça ne te regarde pas, ce que je suis en train de décrire, répondit Harvey d'un ton condescendant.

Il avait les sourcils levés.

– Au fait, ce ne serait pas moi, par hasard, que tu décrirais comme ça? Voilà, c'est ça! Je parie que tu es en train de faire une liste de tout ce que je suis. Formidable. Merveilleuse. Excitante. N'oublie pas de dire que j'ai des cheveux parfaits pour une pub de shampooing, et la peau si belle et si douce qu'on dirait une peau de bébé!

Harvey cherchait que répondre. Il ne trouvait rien.

Mais Carlie abandonnait le jeu. Elle se penchait de nouveau sur sa lettre. Une lettre sans ponctuation aucune :

Sois gentille viens me chercher Je n'embêterai plus personne J'ai compris la leçon et d'abord ce n'est pas moi qui avais commencé c'était Russell Maintenant je me tiendrai à carreau et je ne me mettrai plus en travers de son chemin ni dans les jambes de personne je le jure Tout ce que je veux c'est rentrer à la maison D'ailleurs il avait cogné beaucoup plus fort que moi Dis à l'assistante sociale que tout va bien maintenant et que je veux revenir Arrange tout Je veux revenir

Harvey épiait Carlie en train d'écrire sa lettre. Il était jaloux de lui voir tant à dire. Lui-même n'avait toujours pas griffonné un seul mot. Il changea de position, prudemment, dans son fauteuil roulant. Ses plâtres le démangeaient, et la douleur battait à sa jambe droite.

Il songea un instant en informer son père, mais quelque chose lui disait que son père se souciait peu de savoir si les plâtres de son fils lui chatouillaient les jambes insupportablement, ou s'il avait des élancements dans la jambe droite. A l'hôpital, pourtant, son père avait paru sincèrement navré. Il avait pleuré de vraies larmes. Il avait dit : « Je ne l'ai pas fait exprès. Je me croyais en marche arrière. Je viens juste de l'acheter, cette voiture, il faut dire. Je ne l'ai pas fait exprès. »

Mais Harvey avait bien senti que ces larmes-là n'étaient pas réellement pour lui. Elles étaient pour le médecin, pour la charmante infirmière, et surtout pour les policiers qui venaient d'inculper son père de conduite en état d'ivresse. Harvey n'avait pas versé une larme.

Et voilà qu'à présent il souhaitait pouvoir pleurer. Soudain, il chiffonna son papier en boulette.

– Bof. Pas envie d'écrire, finalement.

Thomas J était en panne devant sa feuille blanche. Il avait vécu avec les sœurs Benson aussi longtemps que remontait son souvenir, mais il ne trouvait rien à leur dire. Il en était encore à : « Comment vont vos cols du fémur? » Il releva la tête.

– Est-ce que ça peut se faire, d'envoyer

une lettre avec seulement une phrase? demanda-t-il.
– Sûrement pas, assura Carlie. Il en faut au moins deux. On nous a appris ça, en anglais.
– Ah bon.
– Ecoute, tu peux toujours mettre : « Il y a ici une fille formidable qui s'appelle Carlie et qui est une sœur pour moi. » (Elle s'était retournée vers lui.) Au fait, d'ailleurs, elle est pour qui, cette lettre?
– Les Benson.
– Des garçons?

– Non.
– En ce cas, sans intérêt, dit Carlie.

Et elle revint à sa propre lettre.

– Elles ont quatre-vingt-huit ans.
– Encore moins intéressant.
– L'an prochain, si elles ne sont pas mortes, on pourra les mettre dans le *Livre des Records.*
– Moi aussi, je serai dans le *Livre des Records.* « L'enfant le plus transbahuté du monde. »

Elle se replongea dans sa lettre, qu'elle conclut d'une bonne demi-douzaine de « s'il te plaît », tous soulignés. Elle plia sa lettre, la glissa dans une enveloppe qu'elle scella à coups de poing.

– Voilà. Terminé.

Puis elle regarda autour d'elle, à la recherche d'un souffre-douleur.

Harvey avait fini par se mettre à écrire. Il avait renoncé à rédiger une lettre, mais Carlie lui avait donné une idée, en lui suggérant de dresser une liste de ses prétendus mérites. Harvey venait de s'atteler à la rédaction d'une liste intitulée : « Mes malheurs .»

En numéro un figurait : « Mon appendicite. »

– Tiens? Qu'est-ce que tu écris, toi? s'enquit Carlie, flairant le secret.

Elle se précipita vers lui pour jeter un coup d'œil de belette. Elle était bien tranquille : coincé comme il l'était, il ne pouvait pas lui échapper.

Harvey plaqua sa liste contre son buste.

– Ça ne te regarde pas.

– Oh, mais si! Du moment que ça m'intéresse, ça me regarde! rétorqua Carlie en lui arrachant son papier des mains.

Elle lut à voix haute :

– « Mes malheurs. Un : appendicite. » Hé, c'est vrai, que tu as eu l'appendicite?

– Oui.

Les yeux de Carlie se réduisirent à l'état de fentes, soupçonneux.

– Elle est longue comment, ta cicatrice?

– Comme ça, à peu près.

– Je m'en doutais! triompha-t-elle. Tu sais ce qu'un type m'a dit, un jour? Il m'a dit que les médecins font de toutes petites incisions, minuscules, et que par ce petit trou ils te tirent toutes les tripes dehors, pour pouvoir travailler à l'aise, et bien à la lumière. (Elle ménagea une pause, l'air ravi.) Et c'est sûrement la vérité! Alors tu sais, à la télé, quand on les voit faire! Ils te font des incisions longues comme le bras, tiens, des trente à quarante centimètres, tu parles! Ils feraient bien de se renseigner un peu!

Elle rendit sa liste à Harvey. La feuille de papier vint atterrir sur ses genoux comme une feuille morte.

– Tiens, moi aussi, je vais faire des listes! décida Carlie. Des listes sur moi et sur ma vie. La première, ce sera : « Tout ce qui a failli m'arriver de bien et qui a foiré à la dernière minute. »

Elle s'était affalée sur le canapé, et commençait à compter sur ses doigts.

– En numéro un, je mettrai – et ça, pour un sale coup, c'en était un – « Comment j'ai failli être majorette ». Tu parles. Je suis même allée dans un club, pour m'exercer. Quinze dollars, que ma mère avait payé, et après ça, quand je me suis présentée pour devenir majorette au collège, tu sais ce qu'ils m'ont sorti? Que ce n'était même pas la peine de leur montrer ce que je savais faire; du moment que je n'avais pas de bonnes notes, ils ne me prendraient pas, de toute façon! Il faudra qu'on m'explique ce que les bonnes notes ont à voir avec le maniement du bâton! (Elle prenait à témoin, du regard, Harvey puis Thomas J – Thomas J qui l'écoutait, la bouche entrouverte.) Hein? Dites voir en quoi des E en anglais ou en géo, des D-moins en maths ou en sciences peuvent vous empêcher de défiler en cadence!

– Je ne sais pas, souffla Thomas J.

C'était la première fois, depuis son arrivée, qu'il prononçait quelque chose doucement.

– Bon, et après, vous savez ce qui m'est arrivé? Je me suis dis, tant pis pour le groupe de majorettes du collège, essayons voir l'harmonie municipale. J'étais drôlement douée, pour faire tournoyer mon bâton, et ma mère avait dépensé ses quinze dollars pour que j'apprenne. Bon, eh bien, crac! La semaine d'avant les tests, il a fallu que mon beau-père m'asticote un peu fort, et qu'on m'envoie ici. Je n'ai même pas pu tenter ma chance une seule fois. Si vous croyez que ce n'est pas de la déveine! (Elle posa ses pieds sur le pouf, et se retourna vers Harvey.) Au fait, sur ta liste à toi, tu ne mets rien d'autre?

Thomas J et Harvey avaient tous deux l'air pris de court.

– Oui, insista Carlie. Sur ta liste de malheurs, tu n'as rien mis d'autre?

– Rien. Je n'ai eu que l'appendicite, pour le moment.

– Ouais, eh ben, tu peux toujours mettre « Jambes cassées », pendant que tu y es. Je n'appellerais pas ça le bonheur de l'année. (Elle réfléchit un instant.) Et d'ailleurs, à ta place, j'en ferais les numéros deux et trois – pas toi, Thomas J? Numéro deux, jambe droite; numéro trois, jambe gauche.

– Mais je vais les mettre, t'en fais pas, lui dit Harvey sur le ton de la patience. Simplement, j'essaie de tout mettre dans l'ordre.

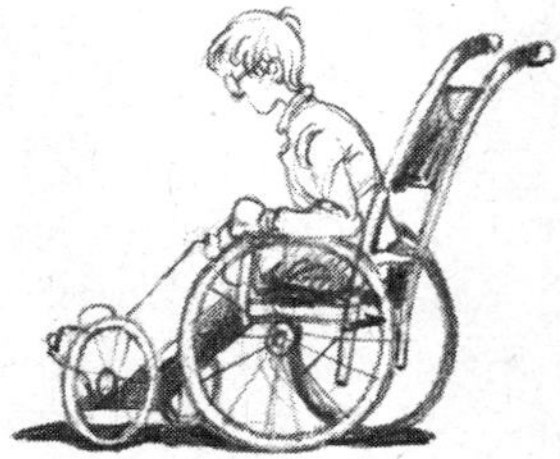

Chapitre 8

Dans le jardin de derrière se dressait un portique, équipé de deux balançoires. Les Mason avaient eu la charge d'enfants en bas âge, pendant un temps. Carlie avait pris place sur l'une des balançoires, et elle se propulsait si fort que tout le portique en tremblait.

Harvey était sous la galerie, dans son fauteuil roulant. Il s'était piqué à son propre jeu et continuait de dresser des listes, inspirées de sa vie et de son expérience. Mme Mason lui avait acheté un carnet à spirales.

Ses listes le passionnaient si fort qu'il en était arrivé à conclure que cette activité avait dû manquer à sa mère : si elle avait, comme lui, entrepris de faire le point sur sa vie à l'aide de listes récapitulatives, peut-être aurait-elle trouvé son identité sans aller tisser des hamacs en Virginie?

Carlie venait de descendre de sa balançoire. Elle se dirigeait vers le bac à sable.

– Tu veux que je te fasse une petite maison à grenouilles? demanda-t-elle à Harvey.

– Non.

– Allons, allons. Je croyais que tous les enfants adoraient ça, qu'on leur fasse une petite maison à grenouilles.

– Les enfants peut-être. Pas moi.

– Harvey. Voudrais-tu dire par là que tu n'es plus un enfant? Aurais-tu passé le cap de la puberté pendant que j'avais le dos tourné? (Elle enfonçait le pied dans le sable humide, le tassait de la paume de la main, et retirait doucement son pied.) Voilà. Tu vois cette petite maison? Eh bien, cette nuit, une gentille grenouille viendra y habiter. (Elle se releva.)

Bon sang, ce que je peux me faire suer, ici.

Elle quitta le sable et se dirigea vers la galerie. Elle s'assit sur une marche du perron de bois.

– Harvey?

– Quoi?

– Tu as déjà songé à te carapater?

Il regarda ses jambes plâtrées.

– D'ici? Difficile.

Elle eut un large sourire.

– Ah ouais, bien sûr. Pas à pattes. Mais sur tes roulettes, pourquoi pas? Et zoum, et zoum...

Il ne répondit pas.

– Moi, j'y pense tout le temps, dit-elle, les yeux sur ses pieds.

Il y eut un silence, puis Harvey s'éclaircit la voix.

– Tiens, c'est l'heure de « Jeunes et Turbulents », à la télé, suggéra-t-il sur un ton léger.

Il trouvait difficile de se concentrer sur ses listes lorsque Carlie rôdait alentour. Impossible d'être certain qu'elle n'allait pas, d'une seconde à l'autre, lui arracher son carnet des mains. Il ne tenait surtout pas à lui voir découvrir qu'il l'avait placée en troisième position dans sa liste : « Les gens qui me font peur. »

– « Jeunes et Turbulents » ? Je le sais, que c'est l'heure, disait-elle. Mais j'en ai jusque-là, de cette émission. Toujours la même chose. Elle me sort par les yeux.

En réalité, si Carlie n'avait pas le cœur à regarder la télévision, la raison en était autre : c'est que le courrier venait d'arriver, et qu'elle n'avait toujours pas reçu de lettre de sa mère. Huit jours, et pas même une carte.

– Qu'est-ce que tu fais, comme liste, en ce moment ?

– « Les livres que j'ai aimés. »

– Ah.

Elle était déçue.

– J'en ai déjà marqué dix-huit, et je commence juste.

– Alors là, moi, tu sais, ma liste serait faite en deux secondes. *Infirmière à Hong-Kong*. Un point, c'est tout. C'est le meilleur bouquin que j'aie jamais lu. Tu devrais le lire. Après, j'ai essayé *Infirmière de la Légion* et *Infirmière dans le Yukon*, mais ce n'était pas aussi bien. Pas assez romantique.

– Carlie ? Voudrais-tu venir m'aider à

préparer le repas? appelait Mme Mason depuis la cuisine.
– Et voilà. On sonne l'esclave, dit Carlie.

Elle se leva sans hâte. Elle constata que Harvey venait d'ajouter deux lignes à sa liste.

Harvey ne leva pas les yeux. Cette liste-ci, décidément, lui procurait un vif plaisir. Tout le contraire de celle qu'il avait intitulée : « Les promesses que Maman n'a jamais tenues. » Celle-là avait bien failli le faire pleurer. Presque, mais pas tout à fait. Il n'était pas aussi facile de pleurer que la plupart des gens le pensaient.

Carlie se dirigeait vers la porte.
– Il y a un autre livre, tiens, que j'aurais bien aimé lire, c'est *Infirmière dans les Appalaches*. Mais je n'ai jamais pu mettre la main dessus, à la bibliothèque. Les meilleurs livres sont toujours sortis.

Harvey continuait d'écrire.

Sur le seuil de la porte, Carlie s'arrêta :
– Eh, Harvey! Quand je me serai tirée, tu crois que je te manquerai ou pas?
– Sais pas.

– Attends, je vais te donner un petit échantillon de la vie sans moi.

Elle entra dans la cuisine, et le héla peu après, par la fenêtre :

– Plutôt triste, hein, quand je n'y suis pas ?

Il ne releva pas la tête.

Chapitre 9

M. Mason emmenait Thomas J à Maidsville, pour y rendre visite aux sœurs Benson, à l'hôpital.

– Oh, est-ce que je peux venir aussi? demanda Carlie.

– Pas cette fois-ci.

– Mais j'ai une cousine, moi, à Maidsville, mentit Carlie. Elle y tient une boutique, et j'aimerais bien aller voir ce qu'elle a reçu, comme nouveautés.

– Tu iras une autre fois, insista Mme Mason. Ils ne vont qu'à l'hôpital, juste un aller et retour.

– Alors je peux aller à la boutique, juste un aller et retour, s'entêta Carlie.

Harvey intervint à son tour :

– Oh, je peux y aller? C'est à cinq ou six rues de chez moi.

– Non, Harvey, reprit Mme Mason, la voix plus douce.

– Mais je n'irai pas chez moi. C'est juste pour aller à la boutique « Poulet Sauté du Kentucky », en face de l'hôpital. J'irai pendant qu'ils sont en visite, et j'achèterai un peu de poulet sauté.

– Non.

– Je ne dérangerai personne, promit Harvey, en avançant de quelques centimètres dans son fauteuil roulant.

Harvey était un fanatique du poulet sauté du Kentucky. Lorsque son père ne rentrait pas dîner, le soir, il ne mangeait jamais rien d'autre. Il lui était arrivé, une fois, d'en faire son dîner plus de trois semaines d'affilée.

Il prenait sa bicyclette, achetait sa portion, et rentrait à la maison. Là, il dégustait son poulet sauté en regardant la télévision. Il en avait l'eau à la bouche à la seule idée de la caissette de carton familière, avec le morceau de poulet, la

purée, le fond de sauce... Oh, le canapé du séjour, à la maison !
– Non, Harvey.
– Alors, peut-être... (Il roulait son fauteuil en direction de M. Mason)... peut-être, si vous avez une minute, pourriez-vous me rapporter un peu de poulet sauté ? Juste un carton ! S'il vous plaît ! C'est important.
– C'est une bonne idée, dit Mme Mason. Rapportes-en donc pour tout le monde. Il fait trop chaud pour faire la cuisine.
– Si nous trouvons le temps, dit M. Mason.

Carlie, Harvey et Mme Mason, tous trois sur le pas de la porte, regardèrent Thomas J et M. Mason monter dans la voiture et partir. Puis Mme Mason se tourna vers Carlie :
– Alors, Carlie, revenons à nos moutons. Prête pour une leçon de couture ?

Carlie se renfrogna.
– J'ai déjà essayé, une fois, au collège. On nous avait fait faire un tablier, et moi j'ai eu un C-moins parce que les fronces étaient toutes collées. Pour coudre, je crois qu'il faut être spécialement doué.
– Pas du tout. J'ai eu deux filles, ici, l'an

passé, et je leur ai appris à coudre en un après-midi. Elles se sont fait toutes sortes de jolis vêtements, pendant qu'elles étaient ici. Il y a leur photo, sur la cheminée.
– Et que sont-elles devenues?
– Les deux sœurs?
– Oui.
– Ma foi, elles sont rentrées chez elles. Elles nous ont quittés deux jours avant votre arrivée, les garçons et toi. J'ai tout juste eu le temps de changer les draps.
– Donc, ça peut arriver en vrai, quelquefois? Il y en a qui retournent chez eux?
– Mais bien sûr que ce sont des choses qui arrivent *en vrai*, comme tu dis. Allons, au travail. Commençons par un petit quelque chose de facile. Que dirais-tu d'un petit corsage bain de soleil?
– Harvey! appela Carlie. (Il était toujours devant la porte et contemplait la rue déserte.) Tu ne vois donc pas que je suis au supplice? (Elle suivit pourtant Mme Mason à l'intérieur.) Vous savez, mon rêve, ce serait d'avoir une sœur jumelle. Comme ça, je n'arrêterais pas de berner les gens. Si un garçon tombait

amoureux de ma sœur, je ferais semblant d'être elle, par exemple, et je dirais des tas d'âneries. Ce serait drôlement chouette, d'avoir une sœur jumelle. C'est elle qui passerait les examens... (Elle jeta un coup d'œil par-dessus son épaule.) Bon, Harvey, tu viens? (Elle avait besoin d'un public. Elle se sentait plus forte, si quelqu'un la regardait.) Viens donc voir ça un peu, Harvey. C'est peut-être ta seule et unique chance de me voir coudre un jour, et je ne plaisante pas. Viens.

– Ah, qu'est-ce que j'ai fait comme bêtise, cette fois? demandait Carlie, en brandissant son ouvrage.

– Voyons voir. (Mme Mason posait de côté son propre ouvrage.) Regarde : tu as planté ton aiguille ici, et tu ne l'as pas fait ressortir là. C'est pour ça que ton point est à cheval.

Elle se mit en devoir de défaire le travail défectueux.

Carlie regardait faire. Mais elle regardait Mme Mason plutôt que ce qu'elle faisait. Au bout d'un moment, elle prit la parole :

– Mme Mason. Je peux vous poser une question?
– Demande toujours.
– Pourquoi n'avez-vous pas eu d'enfants à vous, j'aimerais bien le savoir, plutôt que de recueillir les chiens perdus sans collier?
– Pour moi, vous n'êtes pas des chiens perdus sans collier, Carlie, sourit Mme Mason. (Elle planta une épingle dans le tissu, et déposa l'ouvrage sur ses genoux.) Des enfants à moi, j'en voulais, dis-toi bien, j'en aurais voulu des tas. Ma sœur Helen en a quatre, et Liz cinq. Mais moi, voilà, ça s'est trouvé comme ça, je n'ai pas pu en avoir. (Elle reprenait l'ouvrage de Carlie.) Là, regarde bien. Tu vois, j'ai épinglé l'ourlet. Tu coudras tout du long.
– Mais pourquoi n'en avez-vous pas adopté?
– Eh bien, c'est ce que nous voulions faire. Nous avions même les papiers, et tout. Seulement, tandis que nous attendions – oh, c'était il y a très, très longtemps – on est venu nous proposer de prendre un enfant en nourrice. Au début, je ne voulais pas, mais...

– Pourquoi vous ne vouliez pas? J'aimerais bien le savoir.
– Pourquoi? Oh, parce que je me disais « cet enfant, je vais l'aimer », et comme je savais qu'un jour il devrait nous quitter, je pensais que je ne le supporterais pas. Ce que je voulais, vois-tu, c'était un enfant A MOI, rien qu'à moi, pour toujours. Seulement, ça, ça n'existe pas, Carlie. Ça n'existe pas. (Elle se redressa.) Quoi qu'il en soit, nous avons accepté, et pour finir, les choses se sont arrangées comme ça – pas du tout comme je le pensais quand j'avais ton âge, pas du tout comme je l'avais prévu, mais elles se sont arrangées, je ne le regrette pas. (Elle sourit.) Et maintenant, couds ce corsage.

Chapitre 10

Installé sur le siège avant, à côté de M. Mason, Thomas J glissait un peu sur les coussins de vinyle, dans les virages. Il n'avait encore jamais rendu visite à personne dans un hôpital, et il appréhendait l'épreuve.

– Pourquoi ne leur apporterais-tu pas des bonbons? avait suggéré Carlie. Voilà une chose que j'aimerais bien qu'on m'apporte, à moi, si j'étais à l'hôpital.

– Les bonbons, elles ne sont pas très portées là-dessus, avait répondu Thomas J.

Carlie avait ouvert des yeux tout ronds, comme s'il était question d'extra-terrestres.
– Pas portées sur les bonbons? Sur AUCUNE SORTE de bonbons? Ni caramels? Ni pâtes de fruits? Ni réglisses? Ni...? Alors là! Je comprends qu'on ne soit pas très porté, par exemple, sur la couture ou le piano ou des trucs comme ça, mais sur les bonbons!
– C'est comme ça. Elles ne sont pas portées sur la limonade, non plus. Elles ne sont pas portées sur le chewing-gum.
– Ben dis donc, ce qu'elles doivent être tartes! s'était écriée Carlie. (Elle avait pouffé.) Sauf qu'elles ne sont peut-être pas portées sur les tartes non plus?

Mais à présent, en route pour l'hôpital dans la voiture de M. Mason, Thomas J regrettait de n'avoir pas sur les genoux une grosse boîte de bonbons. Une de ces belles boîtes enveloppées de papier d'argent comme on en voit dans les drugstores, avec un nœud rose dessus. Les choses en auraient sans doute été plus faciles?

« J'ai un petit quelque chose pour

vous », aurait-il pu dire en entrant. Portées ou non sur les bonbons, elles auraient été ravies.

Ils pénétrèrent dans le grand bâtiment et longèrent à pas lents les interminables couloirs verts. C'était un vert hideux, se disait Thomas J, un vert qui n'avait rien à voir avec les verts de la nature. Le souvenir lui revint brusquement du jardin, chez les deux vieilles dames. Il les revoyait courbées, au travail – elles palpaient les tomates, arrachaient quelques feuilles fanées, relevaient la tête vers le soleil.

Dans le couloir vert, Thomas J trébucha.

– Tout va très bien se passer, tu vas voir, le rassura M. Mason.

Il posa la main sur l'épaule du gamin, non pas pour le propulser en avant, mais plutôt pour l'aider à poursuivre sa route, un peu comme un avion en ravitaille un autre en combustible, en plein vol.

– 320. Ça doit être ici, dit M. Mason.

Ils frappèrent et entrèrent. Les sœurs Benson étaient étendues dans deux lits côte à côte, et dans un troisième lit une inconnue feuilletait une revue. Thomas J s'engagea dans la ruelle séparant les lits des jumelles.

Les deux sœurs n'avaient pas leur apparence familière. Elles avaient maigri. C'était à peine si elles faisaient onduler leurs couvre-lits.

– Bonjour, dit Thomas J.

– Oh, Thomas J, est-ce bien toi?

– Oui, M'me.

Thomas J était soulagé. Il avait redouté qu'elles ne le reconnussent pas. Parfois, à la maison, elles oubliaient soudain qu'il existait. Il rentrait pour dîner, et le couvert n'était mis que pour deux. « Oh, Thomas J! s'écriait alors l'une d'elles. Nous t'avions oublié! Prends-toi vite une assiette. »

– Je suis venu vous voir... avança-t-il.

– Hou hou, sœurette! C'est Thomas J.

– Je vois bien.

Il y eut un silence. Puis les deux sœurs, avec ensemble, lui tendirent chacune une main. Il ne se rappelait pas leur avoir jamais tenu la main auparavant, et il se sentait tout bête. Il jeta un coup d'œil à M. Mason, par-dessus son épaule.

– Es-tu retourné à la maison? voulut savoir l'une des jumelles.

– Pas depuis que je suis parti.
– Comment?
– *Pas depuis que je suis parti.*
– Oh. Il faut s'occuper du jardin.
– Oui, M'me.
– Les pois doivent commencer à donner.
– Oui, M'me.
– Il faut les mettre en bocaux, Thomas J. Tu nous as souvent vues le faire, tu dois pouvoir le faire toi-même.
– Ce qu'il y a, c'est que je ne me souviens plus très bien, hasarda Thomas J. Je ne sais même pas où sont les bocaux.
– Nous ferons un petit détour, sur le chemin du retour, pour aller voir où en sont les pois, intervint M. Mason.
– Va prendre la montre de Papa, aussi, dit l'une des jumelles. (Ce devait être Jefferson, mais c'était difficile à dire.) Tu sais où elle est rangée.
– Oui, M'me.
– Si les gens savaient qu'elle y est, ils viendraient cambrioler. Si ce n'est pas déjà fait.
– Oui, M'me.
– Et les pièces d'or, aussi. Les trois. Tu sais où elles sont?

– Sous le matelas.
– Sous *mon* matelas, précisa Jefferson.
Il y eut un nouveau silence. Jefferson avait fermé les yeux. Thomas J se racla la gorge.
– Comment vont vos cols du fémur?
– On nous a opérées. On nous a mis des broches.
– Ah bon.
Elles avaient à présent toutes deux les yeux fermés. Thomas J s'avança d'un pas. Il leur tenait toujours les mains, chacune la sienne.
Il fut pris de l'impulsion subite de les interroger sur ce matin d'été, six ans auparavant, où il s'était avancé dans l'allée, chancelant sur ses jambes de bébé. Quelque chose lui disait que c'était peut-être sa dernière chance, sa dernière chance d'en savoir plus long. Il leur avait déjà, une fois, demandé un peu plus de détails, mais les informations recueillies étaient minces.
– Tu es arrivé comme ça, dans l'allée. C'est tout.
– Mais j'étais habillé comment?
– Euh, voyons. Tu te souviens de ça, toi, sœurette?

– Juste une couche-culotte et une petite chemise.
– Vous les avez gardées?

Il s'était dit – sait-on jamais? – que peut-être ces bouts de tissu comportaient un détail, un indice.

– Non, nous en avons fait des chiffons à poussière; mais je me souviens que sur la petite chemise, il y avait un chien imprimé.
– Un chien?
– Oui, un chien qu'on voit à la télé. Comment s'appelle-t-il, déjà, sœurette? Tu sais bien, ce chien qu'on voit souvent.
– Lassie?
– Non, un chien de dessin animé. Attends, je l'ai sur le bout de la langue. Il est blanc, avec...

Il leur avait coupé la parole :

– Mais vous êtes allées voir, sur la route, s'il y avait quelqu'un, ou une voiture?
– Moi, non.
– Moi, oui.
– Et il n'y avait rien?
– Pas un chat.

Un peu plus tard, le soir même, ou peut-être le lendemain, alors qu'ils regar-

daient la télévision, l'une des sœurs s'était écriée :
– Voilà, c'est celui-là! C'est ce chien-là qui était imprimé sur ta petite chemise, le jour où nous t'avons trouvé.

C'était Snoopy.

Mais les jumelles, à présent, venaient de s'endormir. Leurs mains glissèrent de celles de Thomas J. Il fit un pas en arrière, et marcha sur les pieds de M. Mason.

– Voilà, je crois que nous ferions mieux de repartir, Thomas J.

– D'accord, dit Thomas J.

Puis il se pencha vers le lit de Jefferson et murmura très doucement, tout en sachant très bien que ni l'une ni l'autre ne pouvaient l'entendre :

– J'espère que vos cols du fémur vont bientôt guérir.

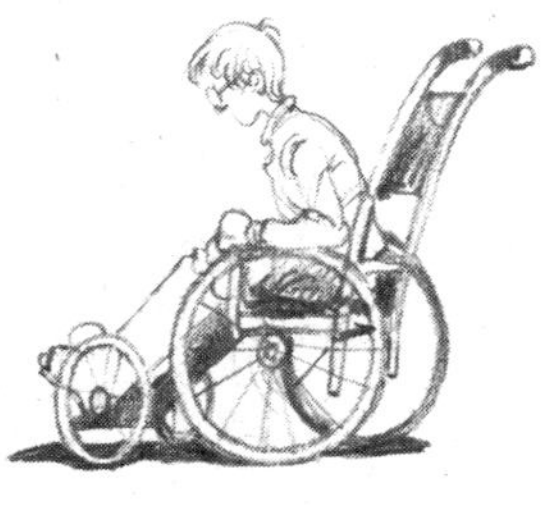

Chapitre 11

Thomas J eut le cœur serré en pénétrant dans la maison des deux sœurs. Elle semblait plus déserte et vide qu'une maison privée de ses meubles.

Il alla chercher la montre, puis les trois pièces d'or, il enveloppa le tout dans son mouchoir et l'enfonça dans sa poche. Puis, sans regarder M. Mason, il dit gravement :

– Il faut que j'aille voir où en sont les pois.

Il alla ouvrir la porte de derrière, mais il n'eut pas besoin d'en franchir le seuil pour comprendre qu'au jardin tout était perdu. Il n'avait pas plu depuis trois semaines, tous les feuillages avaient jauni. Tout était racorni, flétri, recroquevillé. Il n'y aurait pas de pois, pas de tomates.

Ils contemplèrent la scène en silence, M. Mason et lui. Puis M. Mason dit à Thomas J :

– La prochaine fois que tu leur écriras, ne parle pas du jardin. Tu sais, je ne pense pas qu'elles puissent le revoir cette saison, de toute façon.

– Je ne leur en parlerai pas, souffla Thomas J.

Puis il ajouta :

– Je ne le pourrais pas.

Ils étaient dans la voiture, et prêts à s'engager sur la grand-route, lorsque Thomas J se retourna et regarda en arrière.

– Oh, une toute petite minute, s'il vous plaît, dit-il à M. Mason.

M. Mason arrêta la voiture.

– Quelque chose qui ne va pas?

– Ce n'est pas ça.

Mais comment expliquer? Il semblait à Thomas J, soudain, que c'était la dernière fois qu'il revoyait cette maison. Il voulait s'imaginer, six ans plus tôt, en bébé chancelant sur ses petites jambes, et qui remontait l'allée. Vêtu d'une couche-culotte et d'une petite chemise. Perdu. Abandonné. Sale. Les joues zébrées de crasse et de larmes, sans doute. Un bébé qu'on laisse tout seul, ça se met sûrement à pleurer.

Il voulait voir les deux vieilles dames, debout sous les arcades de bois de la galerie, les voir descendre les marches, bras tendus, les voir se pencher vers lui, le prendre dans leurs bras.

Mais c'était impossible. L'image restait fuyante et floue.

– On s'en va, laissa-t-il tomber.

Ils avaient fait la moitié de la route lorsqu'ils songèrent au poulet sauté Kentucky.

Harvey les attendait sur la galerie de devant, dans son fauteuil roulant. Lorsqu'il les vit descendre de voiture sans ces cartons rayés de rouge qu'il espérait si fort, il se sentit prêt à pleurer. Il fit rouler son fauteuil jusque dans sa chambre et s'immobilisa devant la fenêtre du fond, le regard vide.

– Eh ben, qu'est-ce qui ne va pas? s'enquit Carlie depuis la porte. C'est de m'avoir vue dans mon bain-de-soleil tout neuf qui t'a flanqué un pareil choc?
– Laisse-moi tranquille.
– Et si ça ne me plaît pas?
– Laisse-moi tranquille!

Carlie fit deux pas dans la pièce.
– Impossible, dit-elle. Quand je vois les autres en train de bouder, c'est plus fort que moi, faut que je sache ce qui les turlupine. (Elle s'assit sur la couchette inférieure du lit double.) C'est pour ça que, lorsque je serais grande, je voudrais devenir infirmière. Infimière pour malades mentaux.
– Je ne suis pas un malade mental.
– Tiens, pardi! Ils disent tous ça.
– Tu vas ficher le camp de là, oui?

Elle s'était allongée sur un coude, le menton dans la main.
– Dis-moi ce qui cloche, et je pourrai dire si tu es un malade mental ou non. Fais comme si j'étais un médecin ou un infirmier, avec une longue barbe. Dis-moi tout.

Harvey serra les dents, et lâcha :
– Ce qui ne va pas, si tu veux savoir, c'est

que je voulais très fort du poulet sauté Kentucky, et que je ferai tintin!
– Quoi? s'indigna Carlie en se redressant d'un bond.

Elle était déçue, elle aussi. Elle préférait la nourriture de traiteur – et de loin – à la cuisine maison.

– C'est que j'en avais grande envie, moi aussi, de ce poulet sauté! reprit-elle d'une voix vibrante.
– Pas autant que moi, dit Harvey, lugubre.
– Voilà, et maintenant – combien je te parie? – ce qu'on va manger, c'est des hamburgers. Et pas des Big Mac, ou des surgelés, non! Des hamburgers *maison*!
– Carlie? appelait la voix de Mme Mason. Tu peux venir me donner un coup de main, s'il te plaît? Nous allons faire des hamburgers, sur le gril, au jardin. Ce sera comme un pique-nique.
– Tu vois, qu'est-ce que je te disais? triompha Carlie, amère. Et je vais me mettre du gras partout sur mon beau corsage, et pourtant, je t'assure, j'ai drôlement trimé pour le coudre. Tu m'as vue.

Arrivée à la porte, elle se retourna vers Harvey.

– J'ai fait ton diagnostic, à propos. (Elle souriait de toutes ses dents.) Tu n'es pas un malade mental.
– Merci, dit simplement Harvey.

Le pique-nique terminé, Carlie, dans un louable effort pour rendre un peu d'entrain aux garçons, leur annonça très sérieusement :
– Oh, j'aimerais bien que quelqu'un me prenne en photo !
Elle ne reçut pas de réponse. Thomas J, assis par terre, regardait dans le vague. Il sentait contre sa cuisse, dans sa poche, la montre du père des sœurs Benson et leurs trois pièces d'or. Jamais fardeau ne lui avait paru plus accablant. Harvey gardait les yeux baissés. Son hamburger lui avait paru fait en pâte à bois, et la pensée du poulet sauté l'obsédait.
– Oui, il y a un concours de sosies, à la télé, poursuivait Carlie. Cette fois, il faut ressembler à Sonny et Cher.
– Tu ne ressembles pas du tout à Cher, émit Harvey.
– Je sais bien ! C'est comme sosie de Sonny que je veux concourir !

Elle guetta leur rire. Ils ne bronchèrent pas.

– Dites, les gars! les houspilla-t-elle sur un ton écœuré. 'Savez que vous êtes décourageants? Qu'est-ce que je pourrais bien faire qui vous rendrait le sourire?

– Disparaître de notre vue, laissa tomber Harvey.

Elle pivota sur ses talons et vint se planter devant lui, avec un sourire radieux :

– Harvey, tu veux que je te dise? Ton cas n'est pas désespéré, après tout!

Chapitre 12

– Alors? Quelle est la liste du jour? demandait Carlie en s'asseyant sur les marches.
– Oh, c'est une liste de déceptions.
– Encore une? Non! Finalement, toutes tes listes sont des listes de déceptions.
– Peut-être, mais celle-ci, je ne l'avais pas faite encore, précisa Harvey. Elle s'intitule : « Cadeaux que j'ai reçus à la place de ceux que j'aurais voulus. » Tu sais, comme lorsqu'on a grande envie de quelque chose, et qu'on reçoit tout à fait autre chose.
– Que oui, je sais! C'est l'histoire de ma

vie, ce truc-là. Pendant trois ans, à chaque Noël, chaque anniversaire, j'ai espéré recevoir un pendentif en opale, et tu le vois pendu à mon cou, toi?... Bon, et toi? Raconte un peu. Qu'as-tu reçu, comme cadeaux dont tu ne voulais pas?

– Ce n'étaient pas exactement des cadeaux dont je ne voulais pas – il y a sûrement des gens qui auraient été ravis de les recevoir – mais c'étaient des cadeaux qui n'étaient pas ce que je voulais, tu vois... (Il hésita, puis se lança.) Ce qu'il y a, c'est que Maman m'avait promis – promis-promis, hein? – que pour mon anniversaire de dix ans elle m'offrirait un petit chien. Je le voulais, je ne rêvais que de ça. (Un silence.) Maman et moi, on regardait toutes les petites annonces de la rubrique *Animaux à vendre*, dans le journal, le soir. « Cockers fauve, vermifugés, vaccinés, à prendre de suite » et tout ça... Je n'ai jamais été aussi heureux de ma vie. Tous les chiens proposés, je les voulais. Je me jetais sur le journal dès qu'il arrivait. Je m'asseyais sur les marches pour guetter son arrivée.

– Et puis? demanda Carlie.

Harvey contemplait ses jambes.
– Et puis Maman a quitté la maison juste avant mon anniversaire. Elle est partie le six, et mon anniversaire était le dix-sept.
– Quitté la maison? s'étonna Carlie. Je croyais qu'il n'y avait que les pères qui quittaient la maison. Moi, j'en ai déjà vu partir deux comme ça. J'aurais bien voulu que ce soit trois.
– Et après ça, enchaînait Harvey, Papa n'a plus jamais voulu entendre parler de chien. Question de principe, à ce qu'il disait. A la place, pour mes dix ans, il m'a acheté un – une espèce de jeu électronique, du genre rugby, tu vois. On tourne des manettes pour empêcher l'équipe adverse de gagner.
– Ah? Et c'est comme ça que tu t'es cassé les deux jambes? demanda Carlie, en le regardant de biais. A tourner les manettes?
Harvey choisit de ne pas l'entendre.
– Alors, moi, le Noël d'après, j'ai pensé à un cochon d'Inde. J'avais toujours envie d'un chien, remarque, mais je savais que Papa ne voudrait pas. Et d'ailleurs, un cochon d'Inde, c'était encore une chose

que Maman m'avait promise. Elle en avait, elle, quand elle était petite. Elle les élevait. Une fois, elle en avait eu jusqu'à vingt-sept. Elle pensait les vendre pour se faire un peu d'argent de poche, mais elle n'arrivait pas à s'y résoudre.

– Je vois, c'est typique, commenta Carlie. Les gens sont comme ça, je l'ai toujours dit : pas capables de se défaire de malheureux cochons d'Inde, mais tout à fait capables de se débarrasser de leurs gosses comme de leurs vieilles casseroles.

Harvey poursuivait, imperturbable :

– N'importe comment, j'avais dit à Papa que mon cadeau de Noël je préférais me l'acheter moi-même. Alors il m'avait donné les sous, et j'étais aller acheter mon cochon d'Inde. Un gros, tout blanc. Je l'avais appelé Boule de Neige, comme ça, tout de suite, dans le magasin même.

– Je devine la suite, dit Carlie.

– Et j'avais acheté la cage avec, la nourriture, tout, et je l'avais rapporté à la maison. Quand mon père a vu ça – il l'a regardé une fois, pas deux – il a empoigné la cage et il l'a emportée. Il m'a dit

que c'était une question de principe. Il n'a jamais voulu me dire ce qu'il avait fait de mon Boule de Neige.
– C'est raide.
– En compensation, il m'a acheté un genre de table de billard, je n'ai jamais joué avec.
– Question de principe? demanda Carlie.
Elle riait. Mais Harvey ne répondit pas.
Thomas J s'éclaircit la gorge.
– Moi, tous les Noëls, mes tantes me donnaient un cadeau.
Carlie et Harvey se tournèrent vers lui. Thomas J n'avait jamais appris l'art de la conversation, les sœurs Benson n'étant guère bavardes. Toute la conversation de la journée, bien souvent, se résumait à « Tiens, ça bout », « Je ferme? », « Mets-en un peu plus », « Non merci ». C'était donc une surprise que de voir Thomas J se joindre à la conversation.
– Et qu'est-ce qu'elles te donnaient, par exemple?
– Par exemple, une fois, des crayons avec mon nom dessus.
– Bouah, c'est le genre de truc qu'on

vous donne pour récompenser votre bonne conduite! dit Carlie.
– Comment peux-tu le savoir? insinua Harvey.

Carlie salua intérieurement la réplique.
– Et quoi encore? demanda-t-elle à Thomas J.
– Oh, une fois, c'étaient des gants, et une autre fois un gros livre. *Grandes Histoires de la Bible racontées aux Petits.*

Il se tut. Il se revoyait assis auprès des deux sœurs, tandis que l'une d'elles lui lisait les histoires que contenait son gros livre. Il revoyait son doigt noueux qui marquait la page.

Son récit favori, c'était l'histoire de Moïse, de Moïse bébé, que sa vraie mère avait placé dans une corbeille pour l'envoyer, au fil de l'eau, vers une vie plus heureuse. Lorsqu'il songeait à ce récit, il imaginait sa mère, sa mère à lui, cachée derrière les peupliers du bord de la route, et qui regardait les sœurs Benson le recueillir chez elles.

Il regrettait soudain de n'avoir pas songé à reprendre ce livre, lorsqu'il était là-bas avec M. Mason. Il releva les yeux.

– Ah oui, et puis aussi elles m'ont donné trois pièces d'or.
– De vrai or? demanda Carlie.
Il acquiesça gravement.
– Tu sais, si j'étais toi, je les frotterais contre ma peau. Si ta peau verdit, ce n'est pas de l'or. C'est comme ça que j'ai découvert le pot aux roses, pas plus tard que l'autre jour, pour mes boucles d'oreilles. Mes oreilles étaient vertes comme de l'herbe.
– Hou hou, à table! appelait Mme Mason.
– Pas possible! s'écria Carlie en se relevant. Ne me dites pas qu'elle a réussi à préparer le repas sans son esclave! Allons, le baromètre remonte.

Chapitre 13

Après le repas, Harvey convainquit Carlie de l'accompagner – ou plus exactement de pousser son fauteuil roulant – jusqu'à la bibliothèque municipale.

– Humm, ça monte presque tout le temps, fit observer Mme Mason, prise de doutes.

– Oh, ça ne fait rien! dit Carlie. Harvey et moi, nous voulons de la lecture, pas vrai, Harvey?

Carlie s'ennuyait. Elle était prête à aller n'importe où, à faire n'importe quoi.

– C'est que la pente est raide. La bibliothèque est tout en haut de la rue du Chêne.

– Oui, oui, je sais.

– Et tu ne lâcheras pas ce fauteuil roulant? Pas d'un doigt? Pas une seule seconde?

– Ecoutez, vous n'avez qu'à me coller les mains dessus avec un peu de colle forte, si ça peut vous rassurer.

– Ce n'est pas ça, mais je voudrais être bien sûre qu'il n'y a pas de danger, tu comprends, expliqua Mme Mason. (Elle lui glissait la main sur la nuque.) Et tu feras bien bien attention, au carrefour?

– Je fais toujours bien attention; on ne plaisante pas avec ce qui est précieux.

– Merci, dit Harvey.

Elle lui donna une bourrade.

– Eh, c'est à moi que je pensais, malin!

Mme Mason les contemplait tous deux.

– Bon d'accord, c'est oui. Mais sois très très prudente, Carlie.

– Diable, on jurerait que nous partons pour le pôle Nord.

Et ils se mirent en route pour la bibliothèque. Carlie poussait Harvey, sans hâte, d'un mouvement rythmé.

– Tu ne sais pas ce qu'on devrait faire? suggéra-t-elle. Flanquer à Mme Mason la frousse de sa vie – tu ne crois pas? Je vois ça d'ici. On tâcherait de trouver une espèce de mannequin, on lui mettrait tes habits, et on lancerait le fauteuil dans la pente. Moi je courrais derrière en criant : « Mme Mason, au secours! Il m'a échappé des mains! » Ah, tiens, je le ferais bien, s'il ne faisait pas si chaud!

– Mme Mason est réglo, fit observer Harvey.

– Ça, je dois dire qu'elle ne nous a pas encore fait de vacheries, reconnut Carlie. Tiens, voilà une liste que je vais faire, moi : la liste des gens qui m'ont fait des vacheries. Des grosses vacheries, bien sûr. Pour les petites, ça ferait trop de monde. Si tu la faisais, toi, cette liste-là, combien tu mettrais de gens, à peu près? Pas besoin de me donner les noms, juste un nombre.

Harvey songea à son père, à sa mère.

– J'en vois deux, dit-il.

– Et moi, j'en vois... Attends un peu... (Le fauteuil roulant avait sensiblement ralenti.)... Bon, d'abord, il y aurait mon père, mon vrai père. D'accord, je ne sais pas du tout qui c'est, mais je le mettrais en tête de liste.

– Comment ça, tu n'as pas de père? dit Harvey en se tordant le cou pour lever les yeux vers elle.

– Bien sûr que si, j'en ai un! répliqua-t-elle sèchement. Tout le monde en a un. Le dernier des chiens errants en a un. On ne t'a donc rien appris, en hygiène et santé? (Elle marqua une pause, le temps de faire descendre la bordure du trottoir aux roues du fauteuil roulant.) Simplement, mon père, je ne l'ai jamais vu. Il était parti avant que je sois née. Mais mon deuxième père...

– Ton *beau*-père, alors, forcément, rectifia Harvey.

– Beau-père si tu veux, encore que, pour la beauté, tu repasseras! Dégueulasse, oui, qu'il était! Et un salaud, en plus. Je te garantis que c'est lui que je mets en deux sur ma liste. Quand il a fichu le camp, il a emporté l'argent que j'avais gagné en gardant les mômes de la voisine.

Harvey ne dit rien.

– Et après ça mon troisième père – bon, mon beau-père si tu préfères –, je le mettrais bien deuxième ex aequo. Je dirais même que c'est sans doute la première personne qui ait jamais voulu me faire du mal, vraiment du mal. Je ne sais pas si tu vois ce que je veux dire. Tu sais, on entend toujours parler des dangers de la rue, du risque de recevoir un mauvais coup, de se faire amocher. Eh bien moi, dans la rue, je t'assure, j'étais en sécurité, par rapport à la maison où je risquais à tout moment d'en recevoir, des mauvais coups, et de me faire amocher, *bien fait*!

– Mon père m'est passé sur les jambes, dit Harvey d'une voix égale. C'est comme ça qu'elles ont été cassées.

Il avait parlé si doucement que Carlie crut avoir mal entendu.

– Attends... Tu répètes? Passé sur les jambes?

– Oui.

– Mais comment ça?

– Roulé dessus.

– En voiture?

– Oui.

– Hou là.

Elle en avait les épaules qui tombaient.

– Il a dit qu'il ne l'avait pas fait exprès.

– Le genre de réponse qui est censé tout arranger.
– Il a dit qu'il s'était trompé, qu'il avait confondu la première et la marche arrière. Il avait bu.
– Pfffuu.
– Ouais.

Il y eut un très long silence. Puis Carlie reprit la parole :

– Il y a un truc auquel je pense souvent. Imagine que nous soyons des bébés pas encore nés. En train d'attendre notre naissance, par exemple. Quelqu'un vient nous voir avec un crayon et un carnet, et il nous demande : « Bon, quel genre de père voulez-vous? » Alors, tu vois, on demanderait des tas de choses. Moi je dirais : « D'abord, qu'il soit beau », parce que, après tout, c'est sûr, l'allure qu'on a, pour la moitié, elle vient du père. Ensuite, je dirais : « Qu'il soit riche et qu'il m'aime. » Et je pourrais continuer longtemps comme ça...

Elle s'était arrêtée. Elle s'appuyait sur le dossier du fauteuil roulant.

– Tu comprends, poursuivait-elle, il ne me viendrait pas à l'idée de demander tout simplement : « Je voudrais un père qui n'aille pas se débiner au bout de trois jours »!

Harvey l'écoutait, muet.

– Je ne sais pas si tu te rends compte, vibrait Carlie, mais moi, le mien, il n'a même pas attendu de savoir si j'étais un garçon ou une fille. Il ne sait même pas que je suis *moi*!

Elle étouffa un soupir. Elle remit ses mains sur les poignées du fauteuil.

– Et toi, bien sûr, l'idée ne te viendrait pas de demander un père capable de faire la différence entre la première et la marche arrière. Tu comprends?

Elle s'était remise à pousser, marchait d'un pas résolu.

– Tiens, je crois que je vois la bibliothèque, là-bas, dit Harvey.

– Et puis tu vois, poursuivait Carlie, amère, le pire, je vais te le dire. Nous, on ne nous a pas voulus – ça, je crois qu'il faut bien le reconnaître –, mais à côté de ça tu as des gens qui voudraient très fort des enfants, et crac! pas moyen d'en avoir. La vie est injuste, non?

Harvey eut un pauvre sourire.

– Ça, il y a longtemps que j'en suis arrivé à cette conclusion.

Chapitre 14

– Dis! Je croyais que tu étais venu ici pour choisir des livres! faisait observer Carlie.

Depuis leur arrivée à la bibliothèque, Harvey s'était plongé dans l'inventaire d'une énorme pile de *New York Times Magazine*. Carlie avait feuilleté distraitement *Dix-Sept Ans* et *Cosmopolitan*, puis elle s'était dirigée vers le bureau de la bibliothécaire.

– Vous n'avez pas de revues de ciné-ma?

– Non.

– Ni de bandes dessinées?

– Non.

Du coup, d'ores et déjà, elle était prête à repartir.

– Prends-toi des livres et on s'en va! lança-t-elle à Harvey, piaffante.

– Attends, je cherche un article, répondit Harvey sans lever les yeux.

Il feuilletait revue sur revue, le front creusé d'un pli décidé.

– Qu'est-ce que tu cherches, au juste?

– Un article sur ma mère, si tu veux savoir.

– Un article sur ta mère, dans un journal? En quel honneur?

– Euh, quand elle est partie, c'était pour aller vivre dans une ferme, en Virginie, avec d'autres gens. Pour fonder une communauté, inventer un nouveau style de vie, d'après ce que disait l'article qui parlait d'eux. Et je voudrais savoir où se trouve cette ferme, au juste.

– Pour quoi faire?

– Pour pouvoir écrire à ma mère.

– Pourquoi ne poses-tu pas cette question à ton père, tout bêtement? Il le sait forcément, lui. Il a bien fallu qu'il lui envoie les papiers du divorce et tout ça.

– Il ne me le dirait pas. Tu penses : il ne veut même pas parler d'elle. (Il se penchait de nouveau sur ses recherches.) Si Maman savait qu'on m'a placé en famille nourricière, si elle savait que j'ai les jambes cassées... Elle viendrait me chercher, j'en suis sûr. Elle viendrait me chercher.

– Et après? Elle t'emmènerait à cette ferme, tu crois?

– Oui.

– Pour y vivre heureux toujours, après ça?

– Oui.

Carlie resta un instant silencieuse. Puis elle demanda :

– Ta mère t'a écrit, depuis, quelquefois?

– Oui, oui, bien sûr, elle a écrit.

– Et il n'y avait jamais d'adresse pour la réponse, sur l'enveloppe ou dans la lettre?

– Je ne les ai pas reçues, ses lettres.

– Ah, je vois. Elle t'a écrit, mais tu n'as jamais reçu ses lettres. C'est comme moi; ma mère m'écrit, mais je ne reçois jamais rien.

– Non, je t'assure, elle a vraiment écrit.

Je le sais. Mais mon père a déchiré toutes les lettres. (Il refermait un magazine, s'attaquait au suivant.) L'article est forcément dans un de ces numéros.

– Dis, tu sais que je commence à me casser les pieds sérieusement, moi, ici? dit Carlie. Il n'y a donc pas un seul beau garçon, dans le coin? (Elle bondit, prise d'inspiration.) Au fait, j'y pense! Faut que j'aille voir s'ils n'ont pas *Infirmière dans les Appalaches*.

Elle repartit vers les fichiers.

Peu après, Harvey tombait enfin sur l'article qu'il cherchait. Lorsqu'il reconnut la photo sur laquelle figurait sa mère, occupée à tisser un hamac, il sentit son cœur se gonfler comme une bulle.

Sa mère avait les yeux baissés sur son ouvrage. Elle avait la mine grave. Elle portait quatre bagues à divers doigts, mais apparemment pas d'alliance.

Il lut l'article en détail. A la ferme, y apprenait-on, chacun commençait par changer de nom. On s'efforçait de s'en choisir un qui fût accordé le mieux possible à sa propre personnalité. D'après ce que comprenait Harvey, sa mère s'était choisi le nom de Bethenia.

Le soir, était-il écrit, tout le monde s'asseyait en cercle, et l'on discutait en commun. Parfois, l'un des membres de la communauté s'installait au centre du cercle, sur un tabouret, et s'offrait à la critique de ses compagnons. Chacun devait alors dire ce qu'il appréciait et ce qu'il n'appréciait pas dans le caractère et le comportement de la personne considérée. Harvey tenta d'imaginer sa mère assise sur un tabouret, prête à se laisser critiquer. Mais ce n'était pas facile : naguère, à la maison, la remarque la plus anodine la faisait sortir de ses gonds. Lui dire que son gratin manquait d'un peu de sel, c'était s'exposer à la voir bouder...

– Ouais! Bonne nouvelle! exultait Carlie en revenant vers lui. Regarde : *Infirmière dans les Appalaches*! (Elle le lui agitait sous le nez.) Et ça commence bien, écoute : « L'infirmière Laurie Myers s'avançait sur la route sombre. Elle était épuisée, mais elle savait que des hommes, à la mine, venaient d'avoir un accident, et qu'ils avaient besoin d'elle... » (Elle releva les yeux.) Tiens, tu as trouvé ce que tu cherchais?

– Oui.
– Oh, fais voir. Ta mère, c'est laquelle?
– C'est celle-ci.
– Je ne la voyais pas comme ça. Oh, dis, tu as vu? Pas mal du tout, le type d'à côté.
– Elle ne ressemblait pas à ça, chez nous.
– Bon, alors, maintenant, on s'en va? s'impatientait de nouveau Carlie.
– Attends, je vais faire faire une photocopie.

Il amena son fauteuil jusqu'au bureau de l'employée.
– Pourriez-vous me photocopier cet article?
– C'est dix *cents* la page.
– J'ai ça sur moi, dit-il, plongeant la main dans sa poche.

Carlie avait repris son livre.
– Ecoute un peu : « Dans les profondeurs de la mine, Michael gisait, blessé. Il avait un bras coincé sous l'un des étais de la mine. » (Elle jeta un coup d'œil sur Harvey.) Tu sais, tout le monde la supplie de ne pas y aller, parce que c'est dangereux, mais elle y va quand même... (Elle feuilletait les pages de son livre.)

NEWS

C'est vraiment très chouette, écoute la fin : « Michael regarda Laurie... » Là, je crois qu'ils sont sortis de la mine. « Il la prit dans ses bras. » Rends-toi compte, Harvey! Elle a même réussi à lui sauver son bras! « Il lui dit : " Ma vie vous appartient, et vous appartiendra toujours, parce que sans vous je l'aurais perdue. " Laurie répondit d'une voix douce : " Sans votre amour, la mienne n'aurait pas de sens. " Ils s'embrassèrent. »

Carlie referma le livre d'un coup sec.

– On dira ce qu'on voudra, moi c'est ce que j'appelle un bon livre.

Elle le reposa sur le bureau.

La bibliothécaire revenait.

– Ce sera quatre-vingt-dix *cents*, s'il vous plaît.

Harvey compta ses pièces et prit les feuillets photocopiés. Il les tassa sur ses genoux en une pile bien régulière.

Carlie déjà le poussait vers la porte. Il releva les yeux, reconnut sur le bureau *Infirmière dans les Appalaches* et s'écria :

– Hé, tu oublies ton livre!

Elle se pencha vers lui, surprise.

– Mais je viens de le lire, tu l'as bien vu.

Elle ouvrit la porte, la cala d'un mouvement d'épaule, et poussa le fauteuil roulant dans le soleil de l'après-midi. Elle laissa échapper un soupir de satisfaction.

– Oui, je suis contente de l'avoir trouvé, ce livre. Tu sais, je trouve qu'il n'est pas loin de valoir *Infirmière à Hong-Kong*.

Chapitre 15

Le père de Harvey devait venir lui rendre visite, et Harvey l'attendait sous la galerie, dans son fauteuil roulant. Il était assis, immobile; on aurait pu croire une statue.

– Carlie, il faut que tu le laisses voir son père seul à seul, dit Mme Mason lorsqu'elle vit Carlie se diriger vers la galerie.

– C'est bien ce que je compte faire.

– Alors, tu restes dans la maison.

– Mais j'allais chercher le courrier.

– Le courrier? Il est déjà là. Sur le bureau.

– Rien pour moi?
– Non.
– Rien pour Harvey?
– Non.
– Mais enfin, qu'est-ce qu'ils fabriquent, à la poste, en ce moment? Les gens finiront par ne plus acheter de timbres, si le courrier n'est pas mieux distribué!

De nouveau, elle se dirigeait vers la galerie.

– Carlie, la prévint Mme Mason. Qu'est-ce que je viens de dire? Je ne veux pas que tu sois dehors quand arrivera le père de Harvey.

– Je n'y serai pas. Je rentrerai dans la maison dès que je le verrai arriver. Simplement, je veux au moins avoir une chance de voir à quoi ressemble un type capable de rouler sur les jambes de son fils.

– Carlie! Qui t'a dit ça?

– Harvey lui-même. C'est Harvey qui me l'a dit. (Elle s'était retournée.) Il me tarde de savoir s'il aura le culot de venir ici dans la même voiture. De toute façon, quand il se pointera, le grand lâche, je rentrerai dans la maison, ajouta-t-elle par-dessus son épaule. Parole d'honneur.

Mme Mason n'eut pas le temps de répondre. Carlie était déjà sous la galerie. Elle s'assit sur la balustrade, juste en face de Harvey.

Harvey était trop tendu pour s'agiter ou se trémousser. Il en était figé, au contraire – poings fermés, dents serrées. Il n'avait pas revu son père depuis son arrivée chez les Mason, et le dernier souvenir qu'il en avait, c'était l'image d'un homme qui sanglotait sur lui dans la salle des urgences.

– Oh, c'est sa voiture? souffla Carlie.

– Non.

– Parce que je suis censée rentrer tout droit dans la maison dès que je le verrai arriver. Ordre de Mme Mason. (Elle se tut. Elle balançait ses jambes dans le vide.) Le courrier est arrivé. Rien pour toi, rien pour moi.

– Je sais.

– Tu sais ce que j'ai pensé? Ta mère n'y est peut-être plus, à cette ferme. Qu'en penses-tu? Elle pourrait être n'importe où.

– Dans ce cas-là, ils me renverront ma

lettre. J'avais mis mon adresse sur l'enveloppe.

– Par contre, moi, je sais très bien que ma mère a reçu mes lettres. Simplement, elle n'a pas répondu. Maintenant, elle a quitté l'Etat, à ce qu'il paraît. (Elle balançait les jambes si fort que ses talons venaient heurter la balustrade.) Si tu n'étais pas dans ce fauteuil roulant, on pourrait partir à la recherche de ta mère, tous les deux.

– Hein?

– Ouais, dit-elle. (Cette idée lui plaisait.) On mettrait les voiles. *Adios amigos*. Moi, ça me plairait de la voir, cette ferme. Je commence à trouver ça mortel, ici, pas toi?

– Si je comprends bien, tu as toujours tes idées de fugue?

Elle le regarda.

– Pourquoi faut-il que tu présentes toujours les choses sous leur plus mauvais jour? Qui te parle de *fugue*? Moi j'ai dit « on mettrait les voiles ». On lève l'ancre, c'est tout. Et on prend le large.

Elle jeta un coup d'œil vers la porte, pour s'assurer que Mme Mason ne rôdait pas aux alentours, et reprit, exaltée :

– Tu sais qu'au fond ce ne serait pas une si mauvaise idée? Moi, retourner à la maison, je ne peux pas, parce qu'ils auraient vite fait de me remettre le grappin dessus, mais cette ferme...
– Non.
– Pourquoi non?
– D'abord, parce que je suis dans un fauteuil roulant, au cas où tu ne l'aurais pas remarqué.
– Ecoute, au contraire, il nous faciliterait les choses, ton fauteuil roulant. Parce que ça inspire la pitié. On pourrait faire du stop, et les gens nous prendraient, tu peux en être sûr. C'est moi qui lèverais le pouce, et toi tu porterais une pancarte qui dirait...
– Pas question.
– Mais si, Harvey, écoute...
– Je ne veux même pas en parler.
– Mais écoute-
– Je ne veux pas en entendre parler!
– Bon, bon, ça va, on n'en parle plus. Pas besoin de me sauter à la gorge... Au fait, et tes listes? Rien d'intéressant, ces temps derniers?
– Quoi?
– Tes listes? Rien de nouveau?

– Non.

Il ne détachait pas son regard de la rue. Son père apparaîtrait du côté de la crête, par là-bas.

– Sur quoi portait ta dernière liste, on peut savoir?

– Comment? Ah oui, ma dernière liste? Attends... (Il se grattait le front.) Je ne sais plus... Ah si! Bof, c'était à propos d'un truc que j'avais lu, rien d'important.

– Mais quoi?

– J'ai lu quelque part que chacun de nous – tout le monde – est assuré d'être célèbre un jour, pendant environ un quart d'heure.

– Bigre, si c'est vrai, ce truc-là, j'aimerais bien que mon quart d'heure se dépêche. Sinon je serai morte d'ennui avant.

– Alors, du coup, j'ai commencé une liste des différentes façons dont je pourrais obtenir mon quart d'heure de célébrité. Dont je voudrais l'obtenir, plus exactement.

– Ah bon, et qu'est-ce que tu comptes faire? Te transformer en homme-canon? Découvrir un nouveau microbe? (Elle se redressa.) Tu sais ce que je voudrais faire, moi ? Pour mon quart d'heure, j'aimerais passer à la télé. Je porterais une robe très chouette, courte, toute scintillante, et je serais tellement éblouissante que tout le monde se dirait : « Qui est-ce ? » « Elle deviendra une grande vedette ! » (Elle la vivait, son aventure.) Et comme ça, mon petit quart d'heure, il ne serait que le début d'un tas d'autres quarts d'heure que je me débrouillerais pour prolonger longtemps, longtemps, toute ma vie, peut-être !

Harvey ne quittait pas des yeux la crête où se perdait la route.

– J'entends des quantités de bruits de moteur, mais je ne vois rien venir.

– Et toi, s'empressa de dire Carlie, de quelle façon voudrais-tu devenir célèbre ?

– Je ne sais pas, dit Harvey. Je ne sais plus ce que j'ai mis. Tout ce que je demande, c'est que ce ne soit pas pour quelque chose de désagréable.

– Comment ça ?

– Oh, par exemple, tu comprends, peut-être que je l'ai déjà eu, mon quart d'heure de célébrité – quand mon père m'a roulé sur les jambes. (Détachant ses yeux de la route, il les posa sur Carlie.) A ce moment-là, tu comprends, tout le quartier a été au courant. Tout le monde en parlait. Tout le monde passait devant la maison, pour voir. Peut-être que c'était ça, mon quart d'heure à moi.

– M'étonnerait, assura Carlie. D'abord, les gens, tels que je les connais, ils n'ont pas dû se contenter d'un quart d'heure pour déambuler dans le secteur et fourrer leur nez dans l'affaire. Deux ou trois jours au moins, qu'ils ont dû faire durer le plaisir, à mon avis! Et puis surtout, tu veux que je te dise? Moi je devine que tu deviendras célèbre. Pour de bon. J'en suis sûre. Tu écriras des best-sellers.

– Je ne sais pas.

– Tu sais, moi aussi, un jour, j'ai été dans le journal. Il n'y avait même pas mon nom, mais c'était de moi qu'il s'agissait. « Mineure de moins de treize ans », c'est tout ce qu'ils disaient. Tu crois que je me figure que mon quart d'heure de célébrité – terminé! – c'est là qu'il est passé? Tst, tst, c'est forcément quelque chose de plus important. Non, tu seras un grand écrivain, et tu écriras un scénario de film pour moi. Voilà. Et c'est comme ça que moi je deviendrai une grande vedette du cinéma.

– Oh, sa voiture! dit soudain Harvey.

Il eut un mouvement brusque, comme s'il avait cherché à se mettre debout. Son visage grimaça de douleur.

– Tu es sûr que c'est la sienne?

– Oui. Et c'est la même.

Carlie sauta à bas de la balustrade.

– Dans ce cas, je rentre, comme promis.

Sur le seuil de la porte, elle se retourna vers lui.

– Si tu as besoin d'aide, je serai là, dans le séjour. (Elle n'avait pas l'air de rire.) Et tu n'as pas idée, Harvey, à quel point je peux être efficace, en cas de bagarre.

Chapitre 16

Harvey regardait, impavide, son père remonter l'allée. Tout le monde lui avait dit et répété, depuis toujours, qu'il était le vivant portrait de son père, et il constatait soudain à quel point c'était vrai. Pourtant, tout au fond de lui-même, il lui semblait être plus proche de sa mère.

– Alors, mon garçon? Comment va? demanda son père en guise de salut.

Il avait franchi les trois marches d'un bond, mais à présent il semblait mal à l'aise, comme s'il regrettait de n'avoir pas davantage pris son temps.

– Ça va, dit Harvey.

Son père s'éclaircit la voix.

– C'est sympathique, ici, ma foi, dit-il. Joli quartier, charmante maison.

Le père de Harvey travaillait dans le bâtiment et l'immobilier – du moins, jusqu'à la récente crise de la construction.

– Ça va, dit Harvey.

– Il y a d'autres enfants, ici, avec toi?

– Deux.

– Ah, comme ça, c'est bien; ça te fait de la compagnie.

Il se tut, s'éclaircit la voix une fois de plus, puis reprit, sur un ton plus grave :

– Quel genre d'enfants?

– Ça va.

– Je te demande ça, tu comprends... Des gosses placés en nourrice... Enfin, tu vois, on ne sait jamais.

– J'y suis bien, moi, en nourrice, fit observer Harvey.

– Oh, euh, ouais...

Le père de Harvey ne l'avait toujours pas regardé en face. Il contemplait la galerie.

– Et ces jambes? demanda-t-il d'une voix plus sourde encore.

– Ça va, mentit Harvey.
– A la bonne heure, dit son père.

Il s'assit dans le fauteuil d'osier. Il passait un doigt nerveux dans le col roulé de son sous-pull. Il n'avait toujours pas regardé Harvey.

– Ecoute, pour ces jambes... commença-t-il.
– Je ne veux pas en parler.
– Ecoute, je ne sais pas ce qui m'a pris. Je venais de perdre un gros contrat, c'est vrai. Et j'avais pris un verre ou deux. Et je connaissais mal la voiture... Mais ce ne sont pas des excuses.
– Non.

Le silence à présent régnait sur la galerie. Carlie venait d'éteindre le poste de télévision du séjour.

– Enfin, quoi qu'il en soit, reprit le père de Harvey, sur un ton qu'il voulait léger, tu as l'air d'être bien, ici. Je ne t'ai jamais vu aussi bonne mine.
– Oui, sauf mes jambes.
– Ah, évidemment. (Nouveau silence.) Oh, devine. Je t'ai apporté ton cadeau d'anniversaire. Je n'ai pas oublié que c'est vendredi le grand jour.
– Ah bon?

– Oui, je l'ai là, dans la voiture. Seulement, je ne voudrais pas que tu me regardes l'apporter ici, tu devinerais ce que c'est. (Il s'était remis debout brusquement.) A propos, si on allait dîner quelque part? Au restaurant, tous les deux? Qu'en dirais-tu?
– Je ne sais pas si j'ai le droit.
– Bien sûr que oui, tu as le droit. Je suis ton père, non? (Il s'avançait vers la porte.) Mme Mason?

La tête de Carlie surgit à la fenêtre, aussi prestement qu'un diable sort de sa boîte.
– Je vais la chercher.

Elle courut à la salle à manger.
– Mme Mason, le père de Harvey veut vous parler. Il voudrait savoir s'il peut emmener Harvey au restaurant...

Ce fut un soulagement pour Harvey lorsque son père repartit. Il était épuisé, vidé – à plat comme un vieux pneu. C'est à peine s'il put rouler son fauteuil jusqu'à sa chambre.
– Alors? Comment ça c'est passé? voulait savoir Carlie.

Elle s'appuyait au chambranle de la

porte et arborait un nouveau bain-de-soleil. Elle s'en était déjà confectionné onze.

Harvey haussa les épaules.

– Ce qui veut dire...? insista Carlie.

– Ça s'est bien passé, dit Harvey d'une voix égale.

En réalité, cela ne s'était pas bien passé du tout, pas plus à la fin qu'au début ou au milieu. Mais le pire moment avait été lorsque Harvey avait laissé tomber :

– J'ai écrit à Maman pour lui dire ce qui est arrivé.

Il n'avait pas prévu de le dire. Les mots lui avaient échappé.

Son père avait avalé sa bouchée, comme si elle passait très mal, puis il s'était essuyé la bouche avec sa serviette en papier.

– Tu lui as écrit, avait-il dit, d'une voix totalement neutre.

– Oui, mais je n'ai pas reçu de réponse.

– Tu n'en recevras pas.

– Oh si, je crois.

Harvey avait déposé sa fourchette et levé les yeux sur son père.

– Elle m'a sans doute écrit des douzaines de lettres, pendant toutes ces années, mais toi tu ne me les as jamais données.

Il exprimait là un soupçon qui l'avait toujours hanté. Il avait même inventorié le contenu des corbeilles à papier, à la recherche de morceaux de lettres déchirées.

– Elle ne t'a jamais écrit.

– Là, je ne te crois pas, avait dit Harvey. (Il tenait sa fourchette à deux mains, comme pour la briser en deux.) Elle m'a écrit des quantités de lettres, et tu les as toutes déchirées. Je parie que tu les a jetées dans les toilettes.

Son regard s'était posé sur une grosse dame, à l'autre bout de la salle, qui semblait supplier son fils d'ingurgiter encore une dernière frite.

– Ecoute-moi, mon garçon. Et regarde-moi. (La voix de son père était si basse, si étrange et si lasse que Harvey n'avait pu s'empêcher de le regarder.) Elle ne t'a jamais écrit. Pas une seule fois.

Il prononçait chaque mot avec soin, de manière détachée.

– Elle écrirait, si elle savait que j'ai les deux jambes cassées.

– Elle n'a pas écrit lorsque tu as eu ton appendicite.
– Elle ne pouvait pas le savoir.
– Je le lui avais écrit.
– Et pour mes oreillons?
– Je le lui avais écrit.
– Elle n'avait pas répondu?
– Non.
– Je ne te crois pas. Tu mens.
– *Non.*

La voix dont son père avait prononcé ce *non* ne laissait aucune place au doute. Harvey l'avait compris tout de suite. Son père ne mentait pas. Il s'était tout à coup senti très vieux et très fatigué. Il avait baissé les yeux sur cette fourchette qu'il tenait à deux mains. Lui qui s'était senti capable, une minute auparavant, de la casser en deux morceaux, c'était à peine, à présent, s'il se sentait la force de la tenir en l'air. Il l'avait laissé tomber dans son assiette.

Il avait relevé les yeux sur son père, il avait détaillé trait à trait ce visage penché vers lui. Peut-être était-ce, avait-il songé, parce qu'il ressemblait tant à son père, que sa mère l'avait ainsi laissé tomber? Etait-il possible de haïr quelqu'un parce qu'il ressemblait à quelqu'un d'autre? « Tu es bien le fils de ton père », lui répétait-elle souvent, et il sentait bien, même alors, que ce n'était pas un compliment. Mais pouvait-elle vraiment le détester pour cette seule raison?

– Mange, mon garçon.

– Oui.

– Ton steak est trop dur?

– Non.

– Alors, mange donc.

Harvey avait repris sa fourchette. Il avait à peine la force de déplacer sa pomme de terre dans son assiette. Finalement, il s'était arrangé pour la triturer de telle sorte qu'elle avait l'air à peu près mangée, et pour camoufler par-dessous la plus grosse partie de son steak. Il n'avait rien avalé.

Carlie se tenait toujours dans l'embrasure de la porte.

– Où êtes-vous allés manger? s'informa-t-elle.

– Au *Bonanza*.

– Veinard. Nous, on a eu un truc-machin au thon. Un de ces soirs, tu verras, je

nous ferai à tous des *tacos**. Ça, au moins, c'est bon!

Depuis l'embrasure de la porte, elle contemplait le dos de Harvey. Harvey tentait de rassembler ses forces pour passer de son fauteuil à son lit. Il regrettait de ne pas disposer d'un de ces appareils spéciaux qu'il avait vus pour ce genre de transfert, à l'hôpital.

– Oh, à propos, poursuivait Carlie, l'une des jumelles Benson est morte, aujourd'hui. Tu sais, les vieilles dames chez qui vivait Thomas J, avant de venir ici. (Elle venait d'entrer pour de bon dans la chambre.) Mais peut-être qu'on te l'a déjà dit?

– Non.

– Crise cardiaque.

– Ah.

– Celle qui est morte, c'est Jefferson. Au fait, devine un peu comment s'appelle l'autre.

– Sais pas.

– Thomas! Tu saisis? Thomas et Jefferson! *Thomas Jefferson*, pardi! Comme le président, pour le cas où tu serais nul en

* *Tacos* : petits pains chauds avec farce (cuisson mexicaine).

histoire! (Elle en riait encore.) Tu te rends compte, un peu – ces noms! Il y avait une fille, un jour, à l'école, qui m'avait dit qu'elle connaissait des jumeaux qui s'appelaient Crayon et Stylo, mais je n'avais jamais voulu le croire. Maintenant, je t'avoue, je ne sais plus.

Immobile et muet dans son fauteuil roulant, Harvey faisait le dos rond, comme un vieux joueur de cartes éliminé de la partie.

– Demain matin, M. Mason emmènera Thomas J pour aller rendre visite à la jumelle qui reste, et assister à l'enterrement de l'autre et tout ça, soupirait Carlie. Il arrive des tas de choses à tout le monde, sauf à moi. Toi tu vas au *Bonanza* et Thomas J à un enterrement, et moi je ne décolle pas d'ici.

Elle se tut. Harvey contemplait son lit en silence.

– J' crois pas que je m'en sortirai... souffla-t-il à mi-voix.

– Comment? demanda Carlie. Ah oui, tu veux sortir de ton fauteuil pour te coucher! Attends, je vais t'aider!

– Non, murmura Harvey. Je ne crois pas que je m'en sortirai – tout court.

Carlie avait à moitié traversé la pièce lorsqu'elle comprit soudain. Il était question de bien autre chose que de s'extraire d'un fauteuil roulant. Elle s'arrêta sur place.

– Harvey. Tu t'en sortiras. *Il le faut.*

– C'est fini, j'y arriverai pas.

– Si. Parce que – écoute, Harvey – tu ne peux pas tout laisser tomber. Tu n'es pas tout seul, tu comprends, on est trois : toi, moi et Thomas J. Et moi, je me suis habituée à toi, maintenant. Quand je suis habituée aux gens, je ne veux pas qu'il leur arrive quelque chose.

Elle s'approchait du fauteuil roulant.

– Harvey. Regarde-moi. Non. Regarde-moi.

Il lui jeta un bref coup d'œil. Il était blanc. Il avait le regard mort, le contour des lèvres estompé.

– Tu t'en sortiras, je te le promets.

Déjà, il baissait les yeux.

– Et pourtant, je te le garantis, des promesses, je n'en fais pas souvent. Mais ça, Harvey, je te le promets, tu t'en sortiras. Tu y arriveras, je le sais.

Il y eut un silence, puis Harvey répéta doucement, d'une voix incolore :

– Je n'y arriverai pas, j'en suis sûr.

Carlie le regardait avec des yeux immenses. Soudain, elle les plissa et déclara froidement :

– Tu sais, quand j'aurai mon permis? La première chose que je ferai, ce sera d'aller trouver ton père. Et de lui passer sur les jambes. Pour voir s'il trouve que ça fait du bien, lui.

Elle sortit de la pièce, d'un pas qui trahissait sa colère sourde, et s'en fut à la cuisine.

– Mme Mason, je n'aurais jamais cru que je dirais ça un jour, mais donnez-moi quelque chose à faire.

– Comment, tu veux travailler, Carlie?

– Oui. Il faut que je passe ma colère sur quelque chose.

Chapitre 17

Thomas J ne voulait pas retourner à l'hôpital. Il y avait quelque chose d'inacceptable dans l'idée de n'y revoir qu'une seule des jumelles, alors qu'elles n'avaient jamais de leur vie été séparées une seule fois. D'autres paires de jumeaux et jumelles, Thomas J l'avait appris, se séparaient tôt ou tard; ils fréquentaient des écoles différentes, s'habillaient différemment, se mariaient chacun de son côté, partaient vivre dans des villes différentes. Mais pas les sœurs Benson. Elles étaient restées ensemble toute leur vie, s'étaient ressemblées comme deux gouttes d'eau toute leur vie. D'ailleurs, quelquefois, les gens prenaient leur photo, quand ils les voyaient.

Sur le trajet de l'hôpital, M. Mason rompit le silence.

– Je sais que c'est dur, pour toi, Thomas J. Je me souviens encore du premier enterrement auquel j'ai assisté.

Thomas J leva les yeux vers lui.

– Oui, c'était l'enterrement d'un vieil homme qui travaillait pour mon père. M. Joe, tout le monde l'appelait. Je le revois encore, étendu sur son lit de mort, juste avant la mise en bière.

– Mise en bière? Qu'est-ce que c'est?

– C'est lorsqu'on met le mort dans son cercueil. En fait, il était dans son cercueil, chez lui, mais le cercueil n'était pas fermé.

– Ah.

– Oui, et tout le monde – voisins, amis – venait lui dire un dernier adieu. Et moi, mon père m'avait soulevé pour que je puisse voir M. Joe dans son cercueil. Et mon genou, ou bien mon pied – je ne sais pas – avait heurté le cercueil et l'avait un peu secoué, si bien que la bouche de M. Joe s'était ouverte brusquement. Ça, je ne suis pas près de l'oublier. J'avais eu si peur, si peur, que j'avais couru à la maison, à plus d'un kilomètre de là, et que je m'étais fourré sous mon lit.

– Oh!

– C'est une chose que les gosses ne font plus, je crois – se cacher sous leur lit. Mais nous, c'est ce que nous faisions tout le temps, chaque fois que quelque chose nous avait fait peur, ou que nous voulions pleurer sans qu'on nous voie.

Thomas J resta silencieux un moment. Puis il dit :

– Ce n'est pas tellement l'enterrement, qui me tracasse. Non, ce n'est pas ça qui me fait peur.

– Ah bon? Et qu'est-ce donc qui te tracasse, alors, Thomas J?

– C'est de retourner à l'hôpital.

– Et pourquoi?

– Je ne sais pas. C'est très difficile à dire. C'est l'idée d'être là, debout, avec plus qu'une seule sœur dans un lit et tout ça, et de ne pas savoir que dire.

– Tu sais, quelquefois, le simple fait d'être là, même sans rien dire, c'est très

important pour celui que tu es venu voir. Rien que le fait que tu sois là peut lui être un réconfort.
– Je n'ai pas l'impression d'être un réconfort, dit Thomas J. (Il réfléchit.) Je voudrais bien dire quelque chose, mais il n'y a pas moyen. Maintenant, il y en a une de morte, et déjà, la dernière fois – elles étaient là toutes les deux, pourtant – je ne savais pas du tout que dire. Cette fois-ci, ce sera pire. Je sens que je ne pourrai rien dire du tout.

M. Mason le regarda un bref instant.
– Je vais te dire quelque chose, Thomas J. Quelque chose que je n'ai jamais dit à personne, jamais de ma vie. Lorsque j'avais à peu près ton âge, ma mère est morte. C'était une très très brave femme, le cœur bon, mais – mais elle n'était pas de celles qui laissent voir leurs sentiments. Aucune démonstration d'affection.
– Mes tantes étaient comme ça, aussi.
– Je ne me souviens pas qu'elle m'ait jamais, une seule fois, embrassé ou serré contre elle. Pas une fois.
– Moi non plus, dit Thomas J, je ne me souviens pas que les jumelles m'aient fait

ça une seule fois. Un jour, elles m'ont tapoté la tête, parce que j'avais retrouvé la montre en or de leur père, mais...

– Le verbe « aimer » n'était jamais prononcé chez nous.

– Chez nous non plus, dit Thomas J.

– Aussi, lorsque je suis allé la voir à l'hôpital, pour la dernière fois, je ne savais vraiment que faire ni que dire, exactement comme toi. Je restais là, les bras ballants. Et tout à coup, ma mère a ouvert les yeux et elle m'a dit : « Collin ? » (Collin, c'est mon prénom.) Elle m'a dit : « Collin, dis-moi que tu m'aimes. » Et moi, je suis resté planté comme un piquet. Je n'avais jamais de ma vie dit à quelqu'un que je l'aimais.

– Ni moi non plus.

– Tu comprends, bien sûr, je savais qu'elle m'aimait – ça se sentait, parce qu'elle s'occupait bien de moi – et moi, de mon côté, certainement je l'aimais aussi, mais je ne l'avais jamais dit. Jamais dit avec des mots.

– Bien comme moi.

– Alors, je restais là sans bouger, muet comme une carpe. L'infirmière m'a donné un coup dans le dos en me soufflant : « Allez, dis-le-lui, parce qu'elle le savait, elle, que ma mère allait mourir; et mon père m'a tiré sur le bras en m'ordonnant : « Dis-le! », mais je n'ai jamais pu le dire. J'avais le gosier passé au papier de verre, et j'étais incapable de dire un mot.

– Je n'aurais pas pu, moi non plus.

– Pour finir, c'est l'infirmière – qu'elle avait bon cœur, cette femme-là! – qui s'est approchée de Maman et qui lui a assuré : « Il l'a dit, Mme Mason. Vous ne l'avez pas entendu? Il l'a dit. Pas très fort, mais il l'a dit. Bien sûr, qu'il vous aime. » Alors, ma mère a souri et elle a fermé les yeux, et c'était la dernière fois que je la voyais vivante. Toute ma vie, je remercierai cette infirmière – Mme Brown, je m'en souviens – pour m'avoir porté secours.

– C'est vrai, c'était gentil de sa part, dit Thomas J. (Il parut réfléchir un moment.) Je crois que si les mères veulent qu'on leur dise qu'on les aime, c'est à elle de tâcher de vous habituer très tôt à le dire.

C'était bien le plus long discours qu'eût jamais prononcé Thomas J, et il jeta un bref coup d'œil sur M. Mason pour juger de l'effet produit.

M. Mason hochait la tête en signe d'approbation.

– Je crois bien que tu as raison. (Il fixait la route devant lui.) Tu sais, je crois même que c'est une des raisons pour lesquelles j'ai eu envie de me marier avec Ramona.

– Avec Mme Mason?

– Oui. Parce qu'elle avait une sorte de rayonnement, qu'elle ne craignait pas de toucher les gens, de leur dire ce qu'elle éprouvait pour eux. Chez elle, c'était tout naturel. Et je trouvais cela merveilleux.

– Ça devrait l'être, naturel – non?

– Je ne sais pas... Si je te disais qu'il m'a fallu cinq ans – oui, cinq ans – avant de pouvoir lui dire, à elle, ma propre femme, lui dire que je l'aimais? Me croirais-tu seulement?

– Oui, dit Thomas J. Je le crois. Je le comprends.

Chapitre 18

La dernière des deux jumelles était allongée, les yeux clos.

Thomas J, debout dans la ruelle du lit, attendait avec respect de lui voir rouvrir les yeux. C'était bon d'avoir, derrière lui, la présence de M. Mason, surtout maintenant qu'il savait que cet homme mûr, des années plus tôt, s'était tenu à la même place, devant un lit d'hôpital, tout comme lui.

Une autre malade occupait le lit qu'avait quitté Jefferson. Elle feuilletait une revue de cinéma, à la recherche d'un article à sa convenance.

Pour finir, Thomas J n'y tint plus :
– Tante Benson ?
L'un des yeux s'ouvrit d'un coup, l'autre paupière se souleva lentement.
– C'est moi. Thomas J.
– Thomas J ?
– Oui M'me, le garçon qui habitait chez vous.
Elle accommoda son regard sur lui.
– Thomas J, dit-elle lentement. Sœurette n'est plus.
Sa pauvre voix, qui n'avait jamais été bien ferme, chevrotait plus encore que d'ordinaire. Elle tendit la main, et il la prit.
– Je sais, murmura-t-il.
M. Mason s'était approché de Thomas J. Il plaça les mains sur les épaules du garçon.
– Je l'ai conduit ici pour l'enterrement, M'me, dit-il. Il tenait à lui dire un dernier adieu.
– Sœurette et moi avions toujours prévu d'être enterrées ensemble, dit la vieille dame. Nous disions toujours : « Nées ensemble, nous mourrons ensemble. » Lorsque nous avons eu notre accident ensemble, j'ai cru que ce serait vrai.

– Eh bien, dit gaiement M. Mason, on dirait bien que vous allez devoir rester avec nous encore un bout de temps – retourner soigner votre jardin, par exemple.
– A moins, dit-elle, que j'arrive à mourir avant... (Elle avait laissé sa phrase en suspens et tentait de soulever la tête.) Il est quand, cet enterrement?
– A deux heures, mais vous...
– A moins que j'arrive à mourir avant deux heures, dit-elle en reposant sa tête sur l'oreiller.
– Il est midi et quart, juste, informa sa voisine de lit, qui pliait sa revue de manière à pouvoir lire l'article sur le *lifting* réussi de Liz Taylor.
– En ce cas, je n'y arriverai pas, se découragea la vieille dame.

Et elle referma les yeux.

M. Mason, après l'enterrement, songea soudain à rapporter du poulet sauté du Kentucky.
– Je crois que ce sera une bonne surprise, qu'en penses-tu? avait-il dit. La dernière fois, souviens-toi, nous avions oublié – et j'avais bien cru qu'ils allaient

nous passer au goudron et aux plumes!

Thomas J approuva du menton.

– Oui, Harvey sera content, dit-il.

Il fit glisser ses fesses sur le siège, pour se rapprocher de M. Mason. Il leva les yeux sur lui. Il lui semblait tout à coup être un personnage irréel, tout droit sorti d'un conte de fées, et qui ne savait rien de la vie. Il avait besoin de l'apprendre.

– S'il vous plaît, dit-il à M. Mason, racontez-moi encore des histoires de quand vous étiez petit.

Carlie lavait la vaisselle avec une sorte de rage. Il n'y en avait pas beaucoup, si bien qu'elle consacrait à chaque assiette son attention pleine et entière.

Mme Mason en souriait de la voir faire, et elle finit par lui dire :

– Ce n'est quand même pas la peine d'enlever les fleurs aussi.

– C'est plus fort que moi, dit Carlie. Le père de Harvey m'a rendue folle. Vous avez-vu? Harvey n'a même pas pu avaler son poulet sauté, ce soir.

Elle revoyait Harvey à table, juste devant elle, qui fixait d'un regard vide sa

cuisse de poulet intacte, et cette image la bouleversait au point qu'elle en frottait les verres avec un peu plus d'ardeur encore.

« Hé, lui avait-elle lancé, si tu ne veux pas de ton poulet, tu me le donnes! » C'était pour tenter de l'émouvoir. Chez elle, c'était le genre de menace qui rendait miraculeusement l'appétit à quiconque boudait sur son assiette.

Mais le miracle n'avait pas opéré sur Harvey. Sans rien dire, il lui avait tendu sa cuisse de poulet.

Elle finit de rincer les verres et s'essuya les mains.

– Il avait l'air si démoralisé, assis dans sa chambre à regarder par la fenêtre, dit-elle. Le pire, c'est qu'il ne boude pas, il ne fait pas la tête, non, rien. Il est assis là, c'est tout.

– Je sais.

– Vous savez, si on essayait d'en faire une cible, pour ces jeux de massacre, à la foire, personne ne voudrait lui tirer dessus.

Mme Mason prit les assiettes dans l'évier, et se mit en devoir de les essuyer avec soin.

Carlie regardait fixement l'évier.
– En fait, à le voir comme ça, on pourrait croire qu'on lui a déjà tiré dessus.
– Carlie, dit Mme Mason, te souviens-tu du jour où je t'ai dit que tu pouvais aider Harvey? Ce devait être quelque chose comme le lendemain de votre arrivée.
– Oui, je me souviens.
– Eh bien, je vais te dire : tu l'as aidé.
Carlie ouvrit des yeux tout ronds.
– Ben, ça devait pas être terrible, comme aide! Il a l'air pire qu'avant!
– C'est vrai, pour le moment, il est plus mal, et je le sais. N'empêche que tu lui as déjà porté secours, Carlie.
Carlie secoua la tête. Sa crinière lui balaya le visage, et elle se détourna brusquement.
– C'est très bizarre, tu sais, la façon dont on peut se porter secours les uns aux autres. Vois-tu, quand j'avais ton âge, une seule personne pouvait me venir en aide quand les choses n'allaient pas pour moi : c'était ma sœur Liz. Elle arrivait toujours à me faire rire. Mon autre sœur, Helen, elle serait plutôt comme moi, plus sérieuse. Trop sérieuse. C'est vrai, je le sais, je ne suis pas drôle du tout. Je ne

crois pas avoir jamais dit quoi que ce soit d'amusant de ma vie, et...
– Peut-être, mais vous avez d'autres qualités.
– Merci, Carlie. (Elle sourit.) Enfin, bref, ce que je voudrais que tu saches, c'est que tu aides Harvey, que tu lui rends service, même si tu ne t'en rends pas compte, rien qu'en le faisant sourire, quelquefois, rien qu'en l'aidant à se sentir un peu mieux. Et je ne voudrais pas que tu abandonnes.

Carlie se retourna vers elle.
– Moi, quand j'aime bien quelqu'un, je ne le laisse jamais tomber.

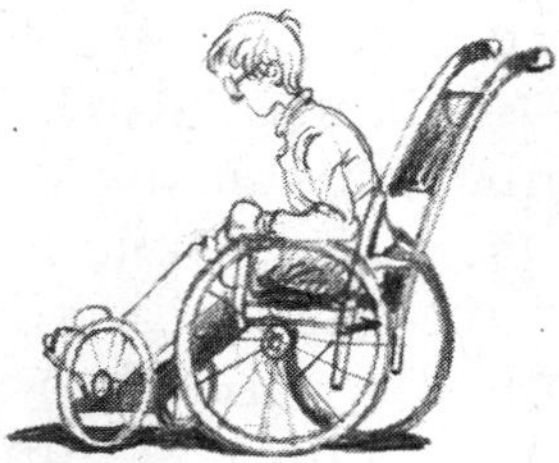

Chapitre 19

Le lendemain matin, Harvey ne quitta pas son lit. Plusieurs fois, déjà, Carlie était venue dans sa chambre pour tenter de lui rendre un peu d'entrain, mais rien n'y avait fait.

A présent, elle revenait à la charge.

– Dis donc! chuchotait-elle d'une voix surexcitée, tu sais ce que je viens de découvrir! Il y a un gros paquet pour toi, dans le placard de l'entrée.

– C'est mon anniversaire, vendredi, dit-il sans détacher son regard de la couchette supérieure, au-dessus de lui.

– Vendredi? Ce vendredi-ci? Dis donc, tu ne me l'avais pas dit! Bon, ce n'est pas tout ça. Maintenant, il faut que je trouve quelque chose à t'offrir. Qu'est-ce qui te ferait envie? Dis n'importe quoi – à moins de quinze *cents* – et je me ferai un plaisir de te l'acheter.

Harvey ne répondit pas.

– Dis, j'ai une idée. Pourquoi ne pas prendre un tout petit peu d'avance et jeter un coup d'œil à ton paquet? Mme Mason, tu sais, ça lui serait bien égal. Et ça te remonterait le moral.

– Non.

– Non? Mais à moi aussi, tu sais, ça me remonterait le moral. Je commence à l'avoir au ras des pâquerettes, je t'avoue. Tu veux bien que j'ouvre ton paquet pour toi?

– Non.

– Quand je dis *ouvrir*, je ne veux pas dire *déballer complètement* – juste entrouvrir un petit coin et jeter un coup d'œil. Je peux faire ça si soigneusement que tu serais bien en peine de dire si j'y ai touché ou pas. Je fais ça tous les Noëls, depuis des années.

– Oh, vas-y si ça te chante.

– C'est vrai? Tu es sûr que ça t'est égal?

– Sûr.
– Hou, tu n'as pas idée comme je peux adorer ça, ouvrir des paquets. Qu'ils soient pour moi ou pas, c'est tout pareil.

Elle se glissa dans le couloir, ouvrit le placard, et continua d'informer Harvey, à voix haute, du déroulement de l'opération.
– C'est gros! Moi, je dis toujours : « Plus c'est gros, mieux ça vaut »!

Elle retira le ruban, un gros nœud piqué au sommet de la boîte. Avec mille précautions, elle décolla le ruban adhésif collé en plusieurs endroits stratégiques, et défit soigneusement le haut du paquet. Lorsqu'elle vit, sur l'emballage, qu'il s'agissait d'un téléviseur portatif, elle reprit lentement, en un interminable soupir, son souffle longtemps retenu.
– Hou là! cria-t-elle à Harvey. Là, je crois vraiment que tu vas être content!

Consciencieusement, elle refit le paquet, recolla le ruban adhésif, remit le nœud en place d'un coup de poing, et replaça le tout dans le placard, dans sa position d'origine. Puis elle revint

vers Harvey, et s'appuya contre le lit.
– Devine ce que c'est, dit-elle.
– Une télé.
– Quoi?
– Une télé.

Elle en était ébahie. Elle tenta de bluffer :

– Ah bon? Et qu'est-ce qui te fait croire ça?
– J'ai vu mon père l'apporter ici.
– Moi, je ne dis rien, conclut-elle. Ni oui, ni non.

Elle était cruellement déçue. Elle adorait poser des devinettes. Elle espérait une longue séance de questions et réponses avec Harvey.

Il aurait demandé : « Est-ce quelque chose d'utile? »

Elle aurait répondu : « Oui. »

« Est-ce de plusieurs couleurs? »

« Alors là, oui, pas de problème! »

« Est-ce que ça bouge? »

« Euh, d'une certaine façon, ça ne bouge pas, mais il y a quelque chose qui bouge dedans. »

Mais tout était gâché, à présent. Elle jeta un coup d'œil sur Harvey. Il avait l'air si profondément malheureux qu'elle

lui pardonna d'avoir saboté le jeu. Elle s'accroupit près du lit.

– Tu sais, Harvey, si tu veux, je peux y aller, moi, voir cette ferme en Virginie. Je peux y aller, chercher ta mère.

– Non.

– Tu sais, je t'assure, ça ne m'ennuierait pas. Pas du tout. Je pourrais peut-être faire un hamac ou deux, tant que j'y serais. Je t'en rapporterais un pour ton anniversaire.

– Non.

Elle redevint grave.

– Ecoute, Harvey. Si ta mère savait ce qui est arrivé à tes jambes, et que c'est la faute de ton père, elle viendrait, moi j'en suis sûre. Elle viendrait, si elle savait, et moi...

– Non!

– Dis donc, je peux y aller si ça me chante, Harvey. Ce n'est pas toi qui vas m'en empêcher.

– *Non!*

Il y avait tant de détresse dans ce refus que Carlie recula malgré elle. Elle resta sans voix un instant, puis revint près du lit.

– Au fait, je ne t'ai pas montré, dit-elle. Regarde les mignonnes petites décalcomanies que je me suis achetées, pour me mettre sur les ongles. Tu as vu?

Elle agitait ses doigts sous le nez de Harvey. Il ferma les yeux.

– Voilà, je les ai vues.

– Tu ne voudrais pas que je t'en mette une ou deux sur les orteils?

– Non.

– Juste sur tes deux gros orteils. Allons, s'il te plaît. Pour rire. (Elle soulevait le drap.) Les gens n'arrêtent pas de regarder tes orteils parce qu'ils dépassent, et ce serait plus amusant, avec des décalcomanies. Ça ferait sourire. Que préfères-tu? Des fleurs, ou ces mignons petits caniches noirs?

– Rien.

Elle se penchait. Elle regardait les pieds de Harvey.

– Hé, dis donc! s'écria-t-elle. Y a quelque chose qui cloche, par là. Tu sais que les orteils de ton pied droit sont beaucoup plus rouges que ceux de ton pied gauche? Ils sont plus gros, aussi. Dis, ils sont tout enflés!

– M'en fiche.

– Mais ça ne va pas du tout, ça! Ta jambe ne te fait pas mal?
– Non.
– Mon œil. Je suis sûre qu'elle te fait mal. J'appelle Mme Mason.
– Mais non, je vais très bien!
Carlie se précipita dans le couloir.
– Mme Mason! Venez voir les orteils de Harvey. Je ne suis pas encore infirmière, mais je sais reconnaître des orteils qui ont vilaine allure; et ceux-là ne sont pas honnêtes ou je veux bien être pendue.

Chapitre 20

Carlie et Thomas J étaient assis sur les marches. Ils attendaient de voir rentrer de l'hôpital Mme Mason et Harvey.

– Dès que j'ai vu ces orteils, j'ai compris qu'il y avait quelque chose qui ne tournait pas rond, disait Carlie.

– Moi, je ne les ai pas vus, mais je savais qu'il y avait quelque chose qui ne tournait pas rond.

– J'espère bien qu'il vont se contenter de lui faire une piqûre ou de lui donner des comprimés. Vendredi, c'est son anniversaire.

– Moi je ne sais pas quand c'est, mon anniversaire, dit Thomas J.
– Eh bien, le mien, c'est le sept août, et tâche de ne pas l'oublier. Il n'y a plus que trois semaines et demie.
– J'y penserai.
– Même si je suis déjà partie, hein? Tu m'envoies un petit quelque chose.
– Bien volontiers.
– Et puis pour toi, ce n'est pas difficile. On peut très bien t'en inventer un, d'anniversaire. Tu peux avoir le même que moi, si tu veux – le sept août.
– D'accord.

Cette idée d'avoir un anniversaire à lui le faisait sourire malgré lui.
– Bon, et quel âge veux-tu avoir? Huit ans? Neuf ans?
– Neuf ans, j'aimerais bien.
– Donc, allons pour neuf ans. (Elle regardait la rue.) Je me demande ce qu'ils fabriquent. Voilà plus de deux heures qu'ils sont partis. Même moi, pour une piqûre, je ne mettrais sûrement pas deux heures, et pourtant je n'ai pas encore fait de stage d'infirmière.
– Peut-être qu'il faudra qu'il reste à l'hô-

pital, comme les sœurs Benson? dit Thomas J.

Toute la joie d'avoir un anniversaire venait de s'envoler d'un coup.

– En tout cas, s'ils le gardent, j'espère qu'ils le soigneront mieux que les sœurs Benson. Ils en ont laissé mourir une.

– Je sais.

– Moi, quand je serai infirmière, je ne laisserai pas mourir mes malades. Ce sera même ma règle d'or – on ne meurt pas! Je serai un peu comme... comme une infirmière porte-bonheur. Les gens voudront que je m'occupe d'eux – surtout les gens très très malades – parce qu'ils sauront que c'est ma règle : on ne meurt pas. (Elle se redressa sur ses pieds.) Ah, les voilà! Oh! Mme Mason est toute seule. (Elle s'élança dans l'allée.) Et Harvey? Où est Harvey?

– Ils l'ont gardé à l'hôpital. Sa jambe droite s'est infectée.

– Oh, c'est grave?

– Assez grave, oui. Carlie. Mais il y a beaucoup plus grave. C'est qu'il s'en moque, j'en ai bien peur, de guérir ou non.

– Ça, c'est la faute de son espèce de

père. Quand j'aurai mon permis, je m'occuperai de lui, celui-là!
– Carlie. Tu dis des sottises.
– Enfin quoi, c'est vrai! C'est depuis qu'il est venu le voir que Harvey est comme ça!
– C'est un homme qui a de gros problèmes, Carlie.
– De gros problèmes, de gros problèmes, mais tout le monde a de gros problèmes! Ce n'est pas une raison pour passer sur les jambes de son gosse. (Elle se tourna vers Thomas J.) Après le dîner, tous les deux, on ira le voir, pour lui remonter le moral.

Thomas J baissa la tête. Il se souvenait de son échec auprès des sœurs Benson.
– Oh, je ne suis pas très fort pour ce genre de choses, murmura-t-il.
– Dans ce cas, tu as intérêt à faire des progrès, et vite. Je ne veux pas voir Harvey couché comme ça, et malheureux comme les pierres, alors que son anniversaire est vendredi. J'avais l'intention de lui faire un gâteau.
– Tu peux quand même faire ton gâteau et le lui apporter à l'hôpital, dit Mme Mason.

– Ce ne serait pas pareil. Non. Un anniversaire loin de la maison, ce n'est déjà pas drôle, mais un anniversaire à l'hôpital, c'est le bouquet! Beuh! Mon anniversaire à moi, il est dans trois semaines et demie, et j'espère bien que je serai de retour à la maison. Et j'espère bien que j'aurai mon pendentif en opale. (Elle se dirigeait résolument vers la cuisine.) A propos, l'anniversaire de Thomas J, c'est le même jour que le mien. N'est-ce pas, Thomas J?
– Oui.
– Et c'est neuf ans, qu'il va avoir. N'est-ce pas?
– Oui, neuf ans, dit Thomas J d'une voix ferme.

Il la suivit dans la cuisine.

Chapitre 21

Harvey avait une chambre pour lui seul. Carlie et Thomas J le trouvèrent, comme l'aurait parié Carlie, en train de contempler le plafond, immobile. En vérité, lorsqu'ils entrèrent, ils furent tellement saisis qu'ils se télescopèrent l'un l'autre : ils s'en étaient doutés, que Harvey aurait triste mine; mais ils ne s'attendaient pas à le trouver ainsi prostré.

– Hou hou, devine qui vient te voir! dit Carlie.

Harvey tourna lentement la tête vers eux. Son visage était sans expression, et

ses lèvres tirées en ligne droite, plus minces encore que d'habitude.
– Alors, comment ça va? demanda Carlie en s'approchant.
– Ça va.
– Tu veux que je te retape tes oreillers, que je t'en glisse un dans le dos? proposa-t-elle. J'adore faire ça. Quand je serai infirmière, je passerai mon temps à ça : à retaper les oreillers de mes malades.
– Non merci.
– Bon, euh, peut-être que tu voudrais un verre d'eau, alors? Tiens, tu as vu, Thomas J, ils ont des pailles spéciales, ici, pour boire au lit.
– Oui, je sais, les Benson avaient les mêmes.

Carlie lui décocha un regard féroce.
– Alors, tu veux boire, Harvey?
– Non.
– Dans ce cas, tu permets que j'essaie une de tes pailles? Je n'ai rien de contagieux, c'est promis.

Elle s'était penchée pour boire, mais se redressa brusquement.
– Tiens, il faut que je te dise, j'ai trouvé une surprise à te faire, pour ton anniversaire. Je ne te dirai pas ce que c'est,

simplement, je le fais moi-même. (Elle se tut, attendit.) Tu n'essaies pas de deviner ce que c'est?
– Non.
– Alors, je vais t'aider un peu. Cette chose que je compte t'offrir est à la fois très utile et très belle. Vas-y. Essaie de deviner.

Pas de réponse.
– Essaie. Pose-moi des questions. Vas-y. Demande par exemple : « De quelle couleur est-ce? »
– De quelle couleur est-ce?
– Ha, tu es sur la bonne voie. C'est de plusieurs couleurs; c'est noir, avec du blanc, du rose, et du jaune.

Elle donna un coup de coude à Thomas J. Elle rayonnait. Thomas J avait l'air si perplexe qu'elle se pencha pour lui dire à l'oreille : « C'est un gâteau au chocolat *noir,* avec un glaçage *blanc,* des bougies *roses* et des flammes *jaunes.* Mais surtout ne le dis pas! »

Elle se redressa au pied du lit. Harvey contemplait le plafond.
– Il ne devinera jamais, dit Thomas J.
– Bon, tant pis, dit Carlie, si tu ne veux pas essayer de deviner, tu n'as qu'à

attendre le grand jour, et tu verras bien. Ce sera une surprise. (Elle contourna le lit, et se rapprocha de Harvey.) Oh, il faut que je t'en raconte une bien bonne. Devine ce qui m'est arrivé aujourd'hui. Le téléphone sonne, je décroche, je dis « Allô », et j'entends, à l'autre bout du fil, une voix de fille qui me dit : « Allô, bonjour, comment ça va? » Et je lui dis : « Pas mal, et toi? » Elle me répond : « Pas mal non plus. Qu'est-ce que tu fais, là, en ce moment? » Je lui dis : « Oh, pas grand-chose, et toi? » Elle me dit : « Je regarde la télé, mais il n'y a rien de bien terrible. » Et je lui dis : « Il n'y a jamais rien. » A ce moment-là, il y a eu un long silence, et puis la fille a dit, d'une espèce de drôle de voix : « Vous m'excuserez, mais je crois bien que j'ai fait un faux numéro. Ce n'est pas Marcie? » Je lui dis : « Non, c'est Carlie. » Et nous avons raccroché. J'aurais bien dû me douter que ce n'était pas moi qu'on appelait. Quelle idée stupide entre toutes de croire qu'elle s'adressait à moi! Oh, j'ai failli en mourir, tellement je me suis trouvée bête!

Harvey resta sans réaction.

Thomas J s'éclaircit la voix.

– M. Mason va m'emmener à la pêche, dit-il.

– Oui, et toi aussi, Harvey, il a dit qu'il t'emmènerait, dit Carlie. Sitôt que tes jambes iront mieux. Remarque que, si c'était moi, vu mon enthousiasme pour la pêche, je me dirais que j'aimerais mieux rester à l'hosto. (Nouveau silence, Carlie cherchait l'inspiration.) Au fait, je t'ai montré mes décalcomanies? (Elle agita les mains, puis les laissa retomber.) Ah oui, c'est vrai, je te les ai déjà montrées. De toute façon, il valait mieux que je te les aie montrées cet après-midi, parce que lorsque j'ai fait des sandwiches mayonnaise et beurre de cacahuètes, pour Thomas J et moi, mes décalcomanies ont déteint! Un truc dans la mayonnaise, je pense.

Le silence revint et s'épaissit. Carlie se creusait la tête lorsque apparut à la porte la tête de l'infirmière de service.

– Terminé, pour les visites. C'est l'heure!

– Mais nous venons à peine d'entrer! protesta Carlie.

– Vous n'aurez qu'à revenir demain.

– Oh, juste cinq petites minutes de plus, plaida Carlie.

L'idée de quitter Harvey sans l'avoir seulement fait sourire lui paraissait insoutenable. Elle le regarda. Il contemplait toujours le plafond. Elle avait envie de trouver enfin quelque chose de drôle à dire. Elle avait envie de l'entendre rire tout haut.

– Thomas J, marmonna-t-elle entre les dents.

Il eut un geste d'impuissance.

Carlie comprit qu'elle était seule. Elle essaya de se souvenir de quelque chose de comique qui serait arrivé à quelqu'un d'autre, n'importe qui. C'était facile de le raconter en l'enjolivant, et en disant que la chose lui était arrivée à elle-même. Elle était passée experte en cet art. Mais elle ne trouvait rien, rien, rien.

– Bon, je crois qu'on ferait mieux de s'en aller, dit-elle. (Elle se pencha vers le lit.) Ecoute, Harvey, tout va s'arranger. J'en suis sûre. Sûre et certaine. (Elle se tourna vers Thomas J.) Viens vite, arrachons-nous de là, ou l'infirmière va nous chasser à coup de seringue hypodermique!

Ils longèrent le couloir en silence et sortirent de l'hôpital.

– Eh ben, mon vieux Thomas J, toi et moi, on est de pauvres clowns. Zéro sur toute la ligne.

– Moi, j'ai toujours été nul, dit-il.

– Toi peut-être, mais pas moi. J'espérais faire mieux, je t'assure. (Elle renversa les épaules en arrière.) Ecoute, il ne faut pas rester là-dessus. Cette nuit, toute la nuit s'il le faut, chacun de nous va réfléchir à tout ce qu'il pourrait dire de drôle. Et demain, nous serons si comiques qu'on pourrait nous engager dans un cirque.

– De ma part, ça m'étonnerait.

Elle virevolta, l'empoigna par les épaules.

– Ecoute-moi bien. Demain, il faudra être drôles, et je t'assure que je ne plaisante pas. Compris?

– Compris, dit Thomas J.

Chapitre 22

On était jeudi soir, et l'état de Harvey avait encore empiré. Il ne parlait plus du tout, à personne. Les infirmières avaient commencé à le nourrir au moyen d'un goutte-à-goutte; un long tube souple et mince était relié à son bras.

Son père était venu le voir, la veille; il était resté assis dans sa chambre durant plus d'une heure. Il avait informé les médecins, d'une voix forte, qu'il ne fallait pas regarder à la dépense; ils devaient faire le maximum – la facture serait payée, peu importerait le montant; il venait de décrocher un contrat exceptionnel, et pouvait « y mettre le paquet ».

– Le maximum? C'est ce que nous faisons déjà, s'était-il entendu répondre.

Lorsqu'elle eut vent de cette visite, Carlie entra dans une fureur noire.

– Non! Ne me dites pas qu'ils ont laissé entrer dans la chambre de Harvey cet espèce de...

– Carlie. C'est son père.

– Ouais, eh ben, vous verrez! Bientôt, c'est aux microbes et aux virus qu'ils ouvriront toute grande la porte!

Tout le monde était au lit, ce soir-là, lorsque Carlie se releva sans bruit. Elle se glissa dans la chambre de Thomas J et braqua sur lui le faisceau d'une lampe de poche.

– Hé! Tu dors?

Il avança la main pour se protéger les yeux.

– Non non, j'ai les yeux fermés, c'est tout. Je pense.

– A Harvey?

– Oui. Tu comprends, je suis habitué à l'avoir ici, juste au-dessous de moi. Je l'entends remuer et tout ça. Alors, quand

il n'est pas là, je n'arrive pas à dormir. Il y a trop de silence.
– Moi c'est pareil. Ecoute, je viens d'avoir une idée. Tu es prêt à monter un coup avec moi?
– Bien volontiers, dit Thomas J qui n'était pas tout à fait certain de comprendre ce qu'elle entendait par « monter un coup ».
– Alors, écoute ça, que je te mette au parfum : tout à l'heure, après le dîner, j'ai jeté un coup d'œil dans le journal, et devine ce que j'ai trouvé, dans les petites annonces!
– Quoi donc?
– Tiens, regarde toi-même. (Elle braquait le faisceau de sa lampe sur le journal soigneusement plié.) Regarde là. Lis-moi ça, un peu!

Thomas J se pencha sur le journal. Mais Carlie n'eut pas la patience de le laisser seulement poser les yeux sur les lignes en question. Elle lut elle-même à voix haute :
– « Chiots (à donner) cherchent bon foyer. »
– Des chiots?
– Ouais! A DONNER! Et nous deux, Tho-

mas J, demain matin à la première heure, tu sais ce qu'on va faire? On va aller à l'adresse qui est dessous, et choisir un chiot pour Harvey!

Thomas J n'avait pas l'air de très bien saisir.

– Un chiot?

– Ouais, tu sais bien qu'il en a toujours rêvé d'un! Rappelle-toi! C'était en numéro un sur sa liste! Et ça va le guérir, tu vas voir! J'en suis sûre, sûre, sûre! Je peux te dire, moi, si j'étais à l'hôpital, à moitié morte, et que quelqu'un me passait autour du cou un pendentif en opale, tout de suite je sortirais de mon lit, prête à danser le hoola! Et puis, je ne sais pas si tu te rends compte, c'est GRATUIT! « A donner », pour « bon foyer ».

– Oui, mais – tu es sûre que c'est un « bon foyer », ici?

– Tu parles! S'il est assez bon pour nous, il est assez bon pour un chien, non?

– Et Mme Mason? Si elle n'en voulait pas? Elle sera peut-être furieuse après nous?

– J'en prends sur moi toute la responsabilité. Ce ne sera pas la première fois, va,

que quelqu'un sera furieux après moi! J'en ai tellement vu que je suis vaccinée. Je dirai que je t'ai forcé à venir avec moi et qu...
– Non. Tu ne m'as pas forcé. J'y vais parce que j'ai décidé d'y aller. Qu'elle soit furieuse après moi tout pareil!
– Bien, comme tu voudras. Donc, après le petit déjeuner, on ira à ce Woodland Circle – du diable si je sais où c'est, mais on trouvera! Il faudra prendre un sac en plastique; je sais où Mme Mason les range, on en prendra un grand et solide. On choisira un chiot, et on l'emportera à l'hôpital; et on le sortira du sac en chantant : « Joyeux anniversaire! » Ça te va, comme programme?
– Pas mal, je crois.
– Et tu verras : ça le guérira – garanti sur facture! D'ailleurs, ça guérirait n'importe qui. Tu te vois, toi, rester dans un lit comme une bûche à regarder le plafond, si un chiot venait te lécher le cou? C'est impensable, voyons!
– Et... si le chiot ne veut pas le lécher?
– On en choisira un qui lèche, tu peux me croire... Il y en aura forcément un dans le tas... Il y a combien de chiots,

dans une portée? Six? Sept? Tu penses bien que dans le tas il y en aura un qui lèche... (Elle avait regagné la porte, à pas de loup, et se retournait vers Thomas J.) Mais pas un mot à Mme Mason, hein, tu m'entends?

– Non non, d'accord.

– Ni à M. Mason non plus!

Les liens secrets qui venaient de naître entre l'homme et le jeune garçon n'avaient pas échappé à Carlie.

Thomas J hésita, puis promit :

– Non. Je ne lui dirai rien.

– Alors, à demain matin.

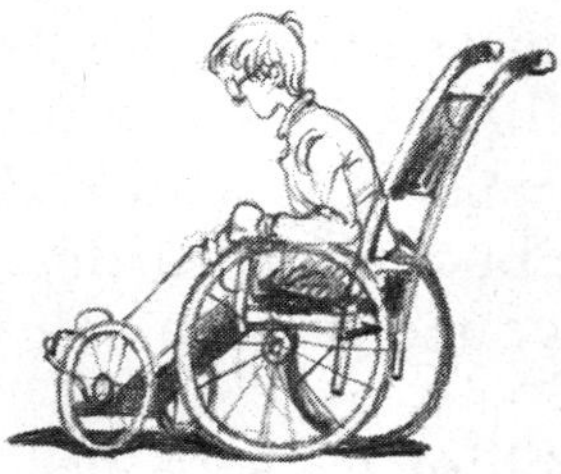

Chapitre 23

Carlie et Thomas J descendaient lentement le couloir de l'hôpital, leur sac de plastique entre eux deux.

– J'aimerais bien qu'il arrête un peu de gigoter, lui, là-dedans... chuchota Carlie, qui regardait droit devant elle.

– Tu oublies que c'est pour ça que tu l'as choisi : parce que c'était le plus éveillé de la portée.

– Je sais, mais j'ai vraiment l'impression que c'est un tigre que nous avons là-dedans, tellement ce sac gigote. Tu ne vois pas, s'il allait faire craquer le fond ?

– Et s'il fait pipi, ce sera encore pire! prédit Thomas J.
– Veux-tu te taire! lui dit Carlie. Et surtout, hein, n'oublie pas : dès que tu vois une infirmière, tu te mets devant le sac. Les infirmières, elles ont un œil d'aigle. Pas les médecins, par contre. Eux, on pourrait bien amener ici un éléphant qu'ils ne le verraient même pas.

Ils se hâtèrent d'entrer dans la chambre de Harvey.
– Ferme la porte, vite, ferme la porte! dit Carlie.

En moins de quatre enjambées, elle fut au pied du lit. Harvey fixait le plafond.
– Salut, ce n'est que moi, Carlie. Tu peux regarder, c'est sans danger. Aujourd'hui, je n'ai pas mis l'un de mes fameux bain-de-soleil meurtriers. (Il tourna les yeux vers elle.) J'ai gagné, j'ai gagné, je mentais! Tu vois, j'ai même mis celui que tu préfères – le rose électrique. (Il s'apprêtait à regarder de nouveau le plafond, mais elle fut plus rapide que lui.) Dis, on t'a apporté quelque chose.

Il n'ouvrit pas la bouche.
– Et je ne vais pas perdre de temps à essayer de te faire deviner ce que c'est.

Je te dirai juste que c'est tout rond, tout grassouillet, que ça gigote, que ça a des taches, une queue, un nez rose, et que ça meurt d'envie de sortir de son sac! (Ce disant, elle plongeait le bras dans le sac pour en extirper le chiot.) Et voilà, tra la la! Quéquecékça?

D'un vigoureux coup de coude, elle prévint Thomas J, et tous deux entonnèrent, en un duo affreusement discordant :

– Joyeux anniversaaaaire, joyeux anniversaaaaire!

Puis il y eut un silence, que rompit Thomas J :

– On en aurait voulu un tout blanc, pour que tu puisses l'appeler Boule de Neige, mais ils avaient tous des taches.

Carlie avait déposé le chiot sur le lit, à côté de Harvey. Elle le poussa en avant d'une pichenette.

Ravi d'être enfin sorti de sa prison, le chiot se précipita vers la première surface vivante à l'horizon – la joue de Harvey – et se mit aussitôt à lécher avec ardeur.

Carlie regarda Thomas J, très vite, de biais, et lui fit un signe de menton.

Idéal! Tout se passait comme prévu!

Harvey n'avait pas remué.

– Tu ne trouves pas qu'il est adorable? s'enquit Thomas J.

C'était la première fois qu'il participait à une conspiration, la première fois qu'il offrait un cadeau aussi. Il fallait absolument que ce fût un succès complet.

– Tu peux me croire, il est mignon comme tout, reprenait Thomas J. Il est tout rond, gras comme un petit cochon. Tu peux le palper, tu verras.

– Ouais, renchérissait Carlie. Un vrai petit moine, gras et dodu.

– Et il est tout doux, aussi, ajouta Thomas J, avec un rien d'anxiété dans la voix.

Harvey ne bougeait toujours pas. Thomas J leva les yeux vers Carlie et lui souffla :

– Peut-être qu'on devrait chanter encore?

Mais Harvey venait de soulever la main. Il l'avait posée sur la petite boule de poils.

– Je ne crois pas que ce soit la peine, dit Carlie, radieuse.

Alors, pour la première fois depuis

deux jours, Harvey prononça quelques mots :
– Il est pour moi?
– Avec les compliments de Carlie et Thomas J, dit Carlie.
– Il est à moi?
– Bien sûr, puisque c'est ton cadeau d'anniversaire. Choisi par nous tout spécialement.
– A moi pour de bon? Pour tout le temps?
– Ben – évidemment! Quel genre de cadeaux crois-tu que nous fassions, Thomas J et moi? Des cadeaux qu'on offrirait au bout d'un élastique? Si on n'avait pas cherché à te faire un cadeau qui dure, on t'aurait offert un chewing-gum ou un caramel!
– C'est vrai? Je peux le garder?
– Enfin, bon sang? Tu crois qu'un chien, ça se loue à la journée? D'ailleurs, j'aime autant te le dire, on nous a bien dit que la maison ne reprenait pas la marchandise.

Le chiot se tortillait doucement, tentait d'enfouir son museau sous la nuque de Harvey... Et Harvey, sans prévenir, se mit à pleurer. C'était la première fois qu'il pleurait, depuis son accident. C'était comme une bonde de tonneau qui saute, les larmes coulaient le long de ses joues comme un ruisseau s'écoule, régulier. Le chiot, plus excité que jamais, léchait ces larmes à petits coups de langue avides.

– Tu vois, tu peux pleurer tant que tu veux, fit observer gaiement Carlie. Tu as ton petit essuie-larmes privé.

Elle se tourna vers Thomas J.

– Tu sais, moi, quand je serai infirmière, tous les matins, à l'hôpital, j'apporterai une pleine corbeille de chiots. Ça vaut beaucoup mieux que les piqûres.

Harvey ne pouvait plus s'arrêter de pleurer.

– Ce qu'il y a, c'est que... commença-t-il. Je me sens tellement... (Il pleurait trop fort pour parler.) Je ne peux pas... dire comment je me sens...

Il s'était mis à pleurer de plus belle.

L'infirmière de l'étage, passant devant la porte, crut avoir entendu quelque chose d'anormal. Elle entrouvrit la porte pour jeter un coup d'œil dans la chambre.

– Sous les couvertures! Vite! chuchota

Carlie, en enfournant le chiot sous le drap.

– Eh bien? Que se passe-t-il donc, ici?

– Vous nous croirez si vous le voulez, dit Carlie, mais tout va TRÈS bien. Nous nous amusons comme des fous.

Mais l'infirmière regardait Harvey.

– Et toi, Harvey, ça va, au moins? Rien qui cloche?

– Non, ça va.

– Mais... tu pleures, ou tu ris?

– Un peu les deux, je crois.

L'infirmière s'était avancée dans l'embrasure de la porte. Elle remarqua la bosse anormale, sous le drap, à côté de Harvey, mais elle décida de l'ignorer. C'était la première fois que Harvey donnait signe de vie depuis plus de quarante-huit heures.

– Tu es sûr que tu n'as besoin de rien?

– Oui, oui.

– Du coca-cola, lui souffla Carlie.

– Ah, si, après tout! se ravisa Harvey. Est-ce qu'on ne pourrait pas avoir un coca, mes copains et moi? Parce que c'est mon anniversaire, aujourd'hui.

Il s'essuyait les joues avec un coin du drap.

– Mais bien sûr, dit l'infirmière.
– 'Voulez voir ce que les copains m'ont apporté, pour mon anniversaire? demanda soudain Harvey, inspiré.
– Ne...! tenta de le retenir Carlie.
Mais déjà, soulevant le drap, il avait empoigné le chiot et le brandissait pour le montrer à l'infirmière.
– Les enfants! s'écria l'infirmière, prise au dépourvu. Vous savez bien que c'est strictement interdit, tout de même! Ecoutez-moi : ce chiot, je ne l'ai pas vu – sinon je serais obligée de le flanquer dehors à la minute!
– Oui, M'me.
Elle sourit.
– Je vais vous chercher ces coca. (Elle franchit la porte, se retourna, fit une courbette.) Et bon anniversaire, Harvey!
– Merci, dit Harvey, en se soulevant à demi.
Il tenait le chiot par la peau du cou. Il l'amena à hauteur de ses yeux pour le contempler à son aise, à présent qu'il avait la vue moins brouillée.
– C'est bien le plus mignon de tous les chiots de la terre, conclut-il.

– Ils étaient six, expliqua Thomas J, mais c'est celui-ci qui a couru vers nous et qui s'est mis à nous lécher, alors on s'est dit que c'était celui qu'il te fallait.
– Ne va pas te figurer, non plus, reprit Carlie, que c'est tout ce que tu vas avoir pour ton anniversaire : tu ne couperas pas à mon fameux gâteau. Je te l'apporte ce soir.
– Et vous rapporterez le chiot avec?
– Hmm, dit Carlie, dubitative. Tu sais, ce n'est pas très facile de le balader ici en contrebande. Je crois que si tu veux vraiment jouer avec lui, il faut que tu te débrouilles pour sortir de cet hôpital, et vite.
– C'est ce que je vais faire, dit Harvey. Mais vous le ramènerez ce soir?
– Je ne promets rien, dit Carlie. Seulement si Mme Mason veut bien nous prêter son grand cabas à roulettes.

Chapitre 24

– Fichtre, je ne sais pas ce que tu en penses, disait Carlie, mais moi c'est ce que j'appellerais un succès sur toute la ligne.

Ils rentraient à la maison, le chiot trottinant entre eux deux comme un malfaiteur entre deux gendarmes.

– Ouais, approuva Thomas J.

Carlie renversa la tête et respira l'air du matin.

– Si tu savais ce que je me sens bien! La grande grande forme. Terrible.

– Moi aussi.

– Au fait, c'est peut-être comme ça qu'on

se sent aussi, quand on devient célèbre.
– Pourquoi célèbre?
– Ah, oui, tu n'étais pas là quand Harvey et moi... Hé, fais attention, rattrape-le! Il va aller se fourrer sous cette haie... Une fois, Harvey était en train de réfléchir à une de ses listes, il cherchait à classer les raisons pour lesquelles il aimerait devenir célèbre. Il disait que tout le monde, un jour ou l'autre, a droit à un quart d'heure de célébrité – il avait lu ça quelque part, je crois – et alors il cherchait à quoi il aimerait voir ressembler son quart d'heure à lui.
– Ah bon? Et qu'est-ce qu'il avait choisi? demanda Thomas J. (Il tenait le chiot par le ventre, et le redéposait sur le trottoir.) Oh, regarde s'il est mignon!
– Ce qu'il avait choisi? Sais plus. Quelque chose comme être un astronaute et marcher sur Mars, ou un truc comme ça. Ou écrire un roman à succès. Mais ce que je voulais dire, surtout, c'est qu'il me semble qu'on doit se sentir exactement comme ça, quand on devient célèbre. Tout léger, tout content.
– Mmm.
– Autrement dit, c'est un avant-goût.

Pas mal, à mon avis; qu'en penses-tu?
– Tu as vu? J'ai l'impression qu'il commence à me connaître. Regarde comme il me suit.

Mais Carlie poursuivait son idée.

– Ce qui est sûr, c'est qu'en attendant de devenir célèbre, moi, un petit quart d'heure comme ça de temps à autre, ça me permettra de tenir...

La maison Mason venait d'apparaître au bout de la rue, et tous deux se turent. Puis Thomas J formula son tourment à voix haute :

– Comment allons-nous faire, pour expliquer à Mme Mason?

– *Comment allons-nous faire*? le singea Carlie sur un ton coupant. Et comment veux-tu faire, dis-moi? Le lui écrire dans les airs avec une bombe à feu de Bengale? On va le lui dire, tout simplement, pardi! On va entrer dans la cuisine et lui dire : « Mme Mason, regardez ce qu'on vient d'offrir à Harvey pour son anniversaire. » De toute façon, va, il ne faut pas s'en faire : quelqu'un qui est capable de *nous* recueillir dans sa maison ne va sûrement pas mettre un chiot à la rue!

– J'espère.

– En plus, dis-toi bien qu'elle s'est fait un sang d'encre, pour Harvey. Je les ai entendus en parler tous les deux, hier au soir, M. Mason et elle. Je te jure, à les entendre, on aurait cru que c'était leur fils, tant ils se faisaient de mauvais sang.

Elle ouvrit la porte d'entrée et s'avança d'un pas résolu. Sur leur gauche, dans la cuisine, le mixer était en action, aussi Carlie entra-t-elle directement et, sans plus attendre, elle lança d'un trait :

– Dites, regardez ce qu'on a choisi, comme cadeau d'anniversaire, pour Harvey!

Elle avait pris le chiot à deux mains et l'exhibait crânement, sous le nez de Mme Mason. Mais sa voix n'était pas tout à fait aussi assurée que lorsqu'elle avait répété sa tirade, l'instant d'avant, sur le trottoir.

Mme Mason regarda le chiot. Elle s'essuya les mains dans son tablier.

– Allons, allons, qui de vous deux a eu cette idée-là?

– C'est moi, dit Carlie.

Elle fit un pas en avant, laissant derrière elle Thomas J.

– Mais je l'ai aidée, dit Thomas J, prêt à recevoir sa part du blâme.

– Oh, mes enfants! dit Mme Mason. Quelle bonne idée, que c'est gentil à vous!

Et, leur ouvrant ses bras tout grands, elle les attira contre elle, chacun dans un bras, et les pressa très fort.

Au creux de ce bras tiède, Thomas J se sentait raide comme un bâton. Il aurait voulu pouvoir dire : « Que c'est gentil à vous, aussi, de ne pas vous fâcher, et de prendre la chose de cette façon! », mais il était bien incapable de formuler ce gonflement de son cœur.

Il se souvenait d'une discussion qu'il avait eue, quelques jours plus tôt, avec M. Mason. Tous deux avaient conclu que l'art de prononcer des mots tendres ne s'acquiert pas du jour au lendemain. Il y faut un brin de pratique.

Il regrettait soudain de n'avoir aucune pratique dans ce domaine. Il se voyait petit, sur les genoux d'une mère imaginaire. Elle jouait avec lui à ce jeu qu'il venait de découvrir, dans un vieux livre de comptines qui traînait chez les Mason :

« Tu m'aimes?
« – Non.
« – Tombe, tombe au fond de l'eau. Tu m'aimes?
« – Non.
« – Reste, reste au fond de l'eau. Tu m'aimes?
« – Oui!
« – Remonte, remonte dans mon bateau! »

Mais peut-être n'était-il pas trop tard encore? Peut-être, avec un peu d'entraînement, arriverait-il un jour à dire – oh, timidement – deux ou trois choses gentilles?

Mme Mason relâcha son étreinte.

– Il va falloir prévenir Harvey, mes enfants, de ce cadeau qui l'attend. Je suis sûre que ça va nous le requinquer. Nous pourrions faire une photo du chiot au Polaroïd et nous dépêcher de la lui apporter, et puis...

– Harvey? Il est au courant.

– Ne me dites pas que vous lui avez apporté cette bête à l'hôpital.

– Si.

– Seigneur! Les infirmières en auraient fait une crise de nerfs, si elles l'avaient vu!

– Même pas! Il y en a une qui l'a vu, une qui est vraiment mieux que gentille, extra – je prendrai modèle sur elle, plus tard – et elle n'a rien dit du tout, elle a fait semblant de ne pas l'avoir vu!
– Et Harvey? voulut savoir Mme Mason. Ça l'a un peu ravigoté, non?
– Oh, pour ça oui, dit Carlie. Il a commencé par pleurer, mais c'étaient de bonnes larmes, à mon avis, et après ça, il a voulu se relever – et je lui ai retapé ses oreillers, je m'y connais – et ensuite on a tous bu un coca-cola. J'aurais voulu que vous puissiez voir ça, c'était la fête!
– Oui, Harvey en a bien besoin, de petites fêtes de ce genre-là.
– Et tout à l'heure, je m'en vais lui préparer mon fameux gâteau au chocolat – vous n'avez jamais rien dégusté de meilleur : il y a tellement de chocolat qu'on n'en sent même plus le goût – et puis j'irai le lui apporter. Je mettrai des bougies dessus, et des fleurs en papier d'argent – si vous avez du papier d'argent. Tout le grand tralala, quoi!
– Attends donc, il me vient une idée, songea soudain Mme Mason. Pourquoi n'iriez-vous pas, tous les deux, au super-

marché du bout de la rue? Ils ont un rayon d'articles pour animaux, vous pourriez acheter un sac de croquettes pour chiot, et puis un petit collier et une laisse, et peut-être un de ces os-jouets en peau de buffle ou quelque chose comme ça, et nous envelopperons tout ça dans un paquet cadeau, et c'est ça que nous apporterons à Harvey, ce soir, en même temps que son gâteau. D'accord?

– Oui, sans oublier du vermifuge! dit Carlie. Ce sera encore plus drôle. Viens, Thomas J, on se prépare et on y va. (Elle s'arrêta au niveau de la porte.) Ce sera vraiment un très chouette anniversaire... (Elle s'épanouit d'un sourire radieux.) Et n'oublions pas, tout le monde : il y a un autre anniversaire en vue, un double, dans trois semaines – le mien, et celui de Thomas J. N'est-ce pas, Thomas J?

– Oui, dit Thomas J. Le sept août.

Et tous deux sortirent, coude à coude.

Chapitre 25

La seconde des jumelles Benson, Thomas, s'éteignit le lundi suivant. Il fut convenu que Thomas J avait besoin d'une coupe de cheveux avant d'assister au service funèbre. C'est chez le coiffeur que, pour la première fois, il éprouva un réel chagrin en songeant à la vieille dame.

Il s'était installé dans le fauteuil, tout excité à l'idée de cette coupe de cheveux qui serait en fait la première. Le coiffeur alors était venu à lui, l'avait examiné une seconde et lui avait demandé tout à trac :

– Diable, qui donc t'a massacré les cheveux comme ça, mon garçon?

Le ton était cordial, mais l'allusion ne pouvait guère passer pour un compliment.

Alors Thomas J s'était retrouvé, d'un seul coup, à la ferme, entre les deux sœurs Benson armées de leurs grands ciseaux, et qui lui cisaillaient les cheveux comme elles l'auraient fait d'un buisson. Une immense vague de chagrin l'avait submergé soudain.

« Voilà! » s'écriaient enfin les jumelles. Elles finissaient toujours en même temps. Il ne savait à quoi il ressemblait que lorsqu'il trouvait le temps d'aller se regarder, en sautillant, dans le miroir trop haut de la salle de bains.

– Et voilà! s'était écrié le coiffeur à son tour, en époussetant énergiquement les petits cheveux de la nuque. Te voilà devenu un fort charmant jeune homme, si tu veux mon avis.

Thomas J avait rouvert les yeux. Devant l'image que lui renvoyait le miroir – celle d'une tête fort honnête, et parfaitement symétrique pour la première fois de sa vie – il avait senti s'envoler toute la peine qui l'accablait.

A présent, assis dans la voiture à côté de M. Mason, il était tout au plaisir de se trouver seul avec lui.

– M. Mason?

– Oui?

Thomas J hésitait.

– Tu voulais me dire quelque chose, Thomas J?

Thomas J se creusait la tête. Il avait envie d'évoquer un problème – n'importe lequel – et de s'entendre répondre : « Je comprends ce que tu veux dire, Thomas J, parce que c'était la même chose, pour moi, quand j'étais petit. Tu veux que je te raconte? » L'ennui, c'était que Thomas J ne trouvait pas de problème à évoquer.

– Oh, rien, dit-il.

Il se tourna vers la vitre, y aperçut son reflet, encadré, cheveux bien coupés.

– Au fait, reprit M. Mason, t'ai-je raconté ce jour où mon père m'avait emmené au Rocher de l'Ours et où je m'étais perdu?

Thomas J leva vers lui une paire d'yeux qui brillaient.

– Non.

– Alors voilà. Un jour – je devais avoir à peu près ton âge – mon père s'était dit que ce serait une bonne idée...

Thomas J et M. Mason, debout côte à côte, contemplaient Thomas Benson étendue dans son cercueil. On avait vêtu la vieille dame de sa belle robe noire des dimanches, parée de son gros camée, exactement comme sa sœur jumelle, et Thomas J se dit que c'était bien.

M. Mason posa sa grande main sur l'épaule de Thomas J.

– Tu sais, lui dit-il d'une voix grave, elles pensaient que c'était une bonne action de leur part, que de te recueillir chez elles comme elles l'ont fait. Ne l'oublie pas, ne l'oublie jamais.

Thomas J leva les yeux vers M. Mason.

– Mais *c'était* une bonne action, dit-il.

M. Mason hocha la tête.

– Je suis sûr qu'elles en étaient persuadées.

Le regard de Thomas J revint à la vieille dame qui gisait, les yeux clos. Telle qu'elle était là, à quatre-vingt-huit ans, elle ressemblait bel et bien au

président dont elle portait le prénom.
– Je n'oublierai pas, dit Thomas J.

– Et voilà, Thomas J est encore parti à un enterrement, annonça Carlie en s'installant au pied du lit de Harvey. Encore heureux que les sœurs Benson n'aient pas été des triplées!

Harvey était à moitié assis dans son lit, calé par des oreillers.

– Et mon chien? Il va bien?

Chaque fois qu'il parlait de son chien, il en avait le cœur battant. C'était la première chose qu'il avait annoncée à son père, lors de sa dernière visite : « J'ai un chien, maintenant », lui avait-il dit, en le regardant sans baisser les yeux. Son père avait simplement dit : « C'est bien. »

– Ton chien? Il se porte comme un charme, répondit Carlie. Il a fait pipi sur le journal deux fois de suite, hier. Tu ne sais pas, Harvey? Tu es en train de redevenir tout à fait toi-même. Tu te ressembles.

– Dommage que je ne ressemble pas plutôt à quelqu'un d'autre, n'est-ce pas?

– Non, pas du tout. J'aime bien à quoi tu

ressembles, moi. Tiens, attends donc, on va faire une expérience. Mets tes cheveux comme ça, vers l'avant, en frange.
– Ah non.
– Mais si. Et après ça, tu relèves tes lunettes – tu sais, façon Hollywood.
– Dis, c'est que je n'y vois rien, moi, sans mes lunettes!
– Fais ce que je te dis, c'est juste pour voir à quoi tu ressembles. Allez, vas-y.

Il y eut un silence, le temps pour Harvey de ramener ses cheveux sur son front.
– Voilà, et maintenant, relève tes lunettes par-dessus.

Elle examina l'effet produit, la tête légèrement inclinée de côté.
– Harvey?
– Oui.
– Tu es atroce. Dépêche-toi de remettre tes lunettes en place et tes cheveux comme d'habitude.

Avec un commencement de sourire, il remit le tout en bon ordre.
– Ouais, eh bien, c'est concluant. Harvey, tu vas me promettre une chose.
– Laquelle?
– Promets-moi de ne plus parler d'es-

sayer de ressembler à quelqu'un d'autre que toi-même.

Harvey eut un sourire.

– Promis.

Chapitre 26

Carlie et Thomas J étaient assis sur les marches de l'école primaire de la commune. Le chiot, étendu à leurs pieds, se reposait d'avoir tant trotté. Une mouche vint atterrir sur lui, qu'il chassa d'un mouvement d'oreille. Elle revint, têtue, sur son front, et prétendit y déambuler. Il souleva la tête à demi, et lança un coup de mâchoire dans le vide. Il regarda la mouche s'envoler, puis revint à son petit somme.

Carlie se tourna vers Thomas J.

– Tu vois, c'est là que tu iras en classe, à la fin du mois, lui dit-elle.

Ici? Dans ce bâtiment?
– Ouais, et pour Harvey et moi, ce sera là-bas, rue du Chêne. Harvey certifie qu'il se sent de taille à me faire progresser en maths, mais j'attends de le voir pour y croire.
– Moi je suis content d'y aller, dans cette école.
– Moi, c'est dans une école d'infirmières que je voudrais aller. Quand j'aurai l'âge. L'école où j'allais, l'an dernier, je ne l'aimais pas du tout. Rien que des petits snobinards, là-dedans. Si vous ne portiez pas le genre de chaussures qu'il fallait, le

genre de vêtements qu'il fallait – et moi je ne les avais jamais –, dans ce cas, personne ne vous adressait la parole.

Ils restèrent assis un moment, en silence. De temps en temps Thomas J se retournait pour jeter sur son école de petits coups d'œil admiratifs. Carlie avait allongé la jambe et berçait le chiot tout doucement, de son pied nu posé sur le petit ventre.

– Tu sais ce qui serait bien, Thomas J? dit-elle soudain, d'une voix songeuse. Ce serait une gomme à souvenirs.

– Comment ça, une gomme?

– Oui. Il y a des choses que j'aimerais bien gommer, tu vois : justement, par exemple, cette école où les autres ne voulaient pas me parler, ou bien les fois où des gens m'ont fait mal, des trucs comme ça. Si je pouvais les gommer, il me semble que je serais trois fois plus heureuse. Tu ne trouves pas que ce serait bien, d'avoir la mémoire toute neuve, toute belle, sans tache, comme un de ces beaux melons?

Thomas J réfléchit.

– Moi, je pense que je n'ai pas assez de souvenirs, dit-il.

Carlie le regarda.

– Tu ne te souviens pas de ta mère, du tout, du tout?

– Non... Quelquefois, je crois me souvenir. Mais peut-être que ce n'est pas vrai. Je vois une dame un peu grosse – enfin, pas grosse, si tu veux, mais...

– Rebondie? Potelée?

– Non, ce n'est pas tout à fait ça, mais une dame qui donne l'impression, tu vois, que si tu t'installais sur ses genoux ce serait très confortable.

– Ah bon.

– Alors, quand je vois une dame un peu

comme ça, surtout si elle a une robe à fleurs, j'ai envie de m'approcher d'elle.
– Tu as dû avoir une mère qui avait les genoux larges et qui portait des robes à fleurs.
– Oui. (Soupir.)
Carlie le regardait toujours.
– Je pourrais t'inventer une mère, si tu veux. Un peu comme je t'ai inventé un anniversaire.
Thomas J hésita. C'était tentant. Cette robe à fleurs, dans sa tête, imposait son image très forte. Il lui semblait presque la voir. Mais soudain il secoua la tête.
– Tu sais, moi, plaida Carlie, je suis tout à fait prête à le faire.
– Je sais, dit Thomas J. Mais tu comprends, une vraie mère, j'en ai bien forcément déjà une. Quelque part.
– Moi aussi, j'en ai une, quelque part, dit Carlie. Qui se soucie de moi comme d'une cerise.
Thomas J se tourna vers elle, l'air stupéfait.
– Toi? dit-il. Qu'on ne veuille pas de moi, encore, je le comprends. Mais ne pas vouloir de toi!
Elle le regarda.

– C'est vrai? C'est drôlement gentil à toi, de penser ça.
– Merci, dit-il, avec un petit sourire.
– Bon, si tu ne veux pas que je t'invente une mère, je sais très bien ce que je peux faire : un jour, quand tu seras grand, je t'aiderai à chercher la tienne. Il faut bien se dire que ça n'a qu'un temps, le stade des balles de flipper. Oui. Nous ne serons pas éternellement de pauvres petites balles de flipper.
Thomas J plissait le front, perplexe.
– Je ne sais pas ce que c'est, moi, des balles de flipper.
– Comment? Tu n'as jamais joué au flipper? Bon, il faudra que je t'emmène un jour dans un endroit que je connais et où il y en a. Je te montrerai comment on y joue. (Elle releva soudain les yeux et regarda droit devant elle.) Non. Attends. Je retire ce que j'ai dit.
– Tu ne m'aideras pas à chercher ma mère?
– Non, non, pour ça, je suis toujours d'accord.
– On n'ira pas jouer au flipper?
– Ce n'est pas ça non plus. Non, ce que je retire, c'est ce que j'ai dit à propos des

balles de flipper. Parce que je me trompais. Tu verras, quand je t'emmènerai voir à quoi ça ressemble. Nous ne sommes pas des balles de flipper, Thomas J.

– Je ne comprends rien de ce que tu dis.

– Oh, ce n'est pas grave. Simplement, tu vois, les balles de flipper, ce qui leur arrive, elles n'y peuvent rien, mais là, rien de rien; alors que ce n'est pas vrai pour nous. Par exemple, moi, quand je suis arrivée là, je n'avais qu'une idée, filer – et pourtant je ne l'ai pas fait. (Elle regardait Thomas J, qui l'écoutait gravement.) Je sais bien, ça n'a pas l'air de grand-chose, mais n'empêche : rester ici, c'est moi qui l'ai décidé, moi et personne d'autre. Et maintenant, j'ai décidé autre chose. J'ai décidé que dans cette nouvelle école je vais tâcher de faire des efforts, pour de bon. Et toi aussi, dis, tu vas faire des efforts, à l'école?

Il acquiesça solennellement.

– Alors, tu vois, tant que nous faisons des efforts, nous ne sommes pas des balles de flipper.

Chacun avait le regard posé sur l'autre. La mouche était revenue harceler le chiot somnolent, il la chassa d'un coup de dents. Puis il se remit sur ses pattes et chercha autour de lui quelque chose à mordiller. Il franchit en trébuchant la barrière des pieds de Carlie et s'attaqua à la socquette de Thomas J, qu'il entreprit de tirailler.

Carlie se leva.

– Il faut y aller.

– Oui, dit Thomas J.

Il décrocha les dents du chiot de sa socquette et se leva à son tour.

– En route, dit-il. A la maison.

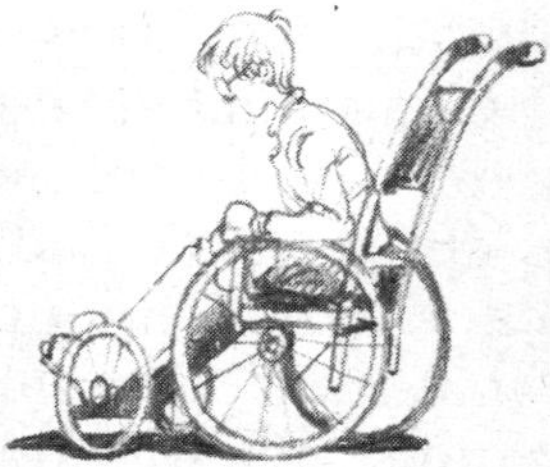

Cet
ouvrage,
le quatre-vingt-sixième
de la collection
CASTOR POCHE,
a été achevé d'imprimer
sur les presses de l'imprimerie
Maury Eurolivres
Manchecourt - France
en mars 2001

Dépôt légal : mai 1998.
N° d'édition : 4424. Imprimé en France.
ISBN : 2-08-16-4424-X
ISSN : 0763-4544
Loi n° 49-956 du 16 juillet 1949
sur les publications destinées à la jeunesse